LA FAUTE DE CLAIRE

Henriette Bernier

LA FAUTE DE CLAIRE

Le Grand Livre du Mois

Du même auteur :

Le Roi Basil, Buchet-Chastel, 1991, prix Questions d'âge.
La Folle aux chats, Pierron, 1992.
Une femme empêchée, Belfond, 1994, prix Sully-Olivier de Serres, prix Erckmann-Chatrian.
L'Oreille de nacre, Anne Carrière, 1996.
Amours d'automne, Anne Carrière, 1997.

ISBN : 2-7028-3278-4

Cette blessure
Drapée de soie sous son triangle noir
Où vont des géomètres de hasard
Bâtir de rien des chagrins assistés
En y creusant parfois pour le péché
Cette blessure dont je meurs

Léo FERRÉ, *Cette blessure*

1

Elles sont dix, arrivées ce matin par le train à la petite gare de Dun-sur-Meuse. Tiens ! Elles étaient neuf la dernière fois… Le chef de gare les a comptées pendant qu'elles descendaient l'une après l'autre du même wagon, avec des rires et des petits cris, parce que le marchepied est haut et qu'il faut carrément sauter sur le quai. C'est son habitude de les compter, comme ça, machinalement, peut-être pour faire autre chose que regarder leurs robes légères qui découvrent leurs genoux.

Dix… Tout en aidant à se hisser dans le wagon suivant – le train n'en comprend que trois – la grosse paysanne qui a pris un billet pour Verdun, il s'efforce de vérifier leur nombre, pendant qu'elles défroissent leurs jupes et rajustent leurs coiffures. Pas d'erreur, elles sont bien dix, y a donc encore une nouvelle…

Enfin, après avoir brandi son drapeau rouge en direction du mécanicien qui attend le signal, penché à la portière de la locomotive fumante, il les regarde traverser l'unique voie et pénétrer dans la gare, où il les rejoindra pour vérifier leurs billets.

Il suit un moment des yeux le train qui s'éloigne, jusqu'au coup de sifflet rituel auquel il répond d'un dernier moulinet de drapeau, et rentre à son tour dans la gare.

« Billets s'il vous plaît, mesdames, mesdemoiselles ! Merci ! » Sept heures trois quarts. C'est l'heure du café, enfin de ce qui le remplace. Sa femme l'attend en haut pour déjeuner.

« Allez, à ce soir, les poulettes », dit-il en attrapant la rampe, assez bas pour ne pas être entendu par le groupe des femmes qui sont maintenant sur la place.

Ce sont « les femmes de Sedan », comme on les appelle ici et dans les villages des alentours, vers lesquels elles vont se disperser.

Deux fois par mois, généralement le premier et le troisième vendredi, elles arrivent par le train du matin à 7 h 30, et repartent par celui du soir, à 19 h 15. Elles n'ont pas le choix, d'ailleurs, étant donné qu'il est le seul, en dehors des convois de marchandises, à desservir la ligne. Rien ne les oblige à voyager ensemble, sinon le plaisir de se retrouver. Le plaisir, sans doute, mais aussi le besoin. Parce qu'il faut du courage à faire ce qu'elles font, et qu'on en a plus facilement à six, à neuf, à dix, que toute seule.

Femmes ou filles d'ouvriers, ouvrières elles-mêmes pour certaines, c'est poussées par la nécessité qu'elles viennent offrir leurs services contre un peu d'argent, ou mieux, quelques denrées alimentaires. Car les temps sont durs. La guerre, les restrictions, les tickets. Des frères, des maris, des fiancés, des amis prisonniers. Des enfants privés, plus que de douceurs, de l'indispensable. De vieux parents, ou grands-parents, à charge.

À la campagne, on trouve plus facilement de quoi manger. Tout le monde, ou presque, possède un jardin. On élève des poules, des lapins, un cochon ou deux. On s'arrange avec un paysan pour louer un bout de champ et y planter des pommes de terre. Ces bricoles-là échappent aux contrôles.

Les paysans ont leurs misères, comme tout le monde. Ils ont vu partir leurs plus belles bêtes, réquisitionnées. On ne leur a laissé que les vieux chevaux, secondés par des bœufs, des mulets. Ils ont l'obligation de déclarer leurs récoltes aux autorités d'Occupation. Cependant ils ont gardé un pouvoir important, celui de remplir les assiettes, de faire manger les gosses. Il n'y a qu'à voir les leurs, avec des joues moins pâlottes, des mollets moins fluets que ceux des petits citadins. Du lait, du beurre, des œufs, de la farine, du lard, du jambon qu'ils se débrouillent pour soustraire aux contrôles, ils en donnent, ou en vendent, et si certains en profitent pour s'enrichir, d'autres connaissent la pitié et savent rester honnêtes.

Des femmes de Sedan, alors, comme d'autres villes, sont parties en reconnaissance dans les villages voisins. Munies d'adresses, de recommandations ou de leur seul espoir. Ici, ou là, n'aurait-on pas besoin de quelqu'un pour prêter la main à de menus travaux ? pour repasser ? pour coudre ? La couture, c'est la spécialité des femmes de Sedan. Avant la guerre, les usines de textile tournaient à plein régime. Tout le monde y avait quelqu'un de sa famille ou de ses relations. On pouvait bien s'habiller pour pas cher. On trouvait du beau, à des prix tout à fait abordables, et des coupons pour trois fois rien.

Si les bourgeoises faisaient travailler les couturières, la plupart des femmes possédaient leur machine à coudre et transmettaient leur savoir à leurs filles. C'est une richesse, pour elles, maintenant. Qui leur permet de se présenter dans les fermes non pas comme des mendiantes, mais « propres », c'est-à-dire bien vêtues, davantage même, coquettes. Elles ont un savoir-faire à proposer, et parfois même, en plus, la matière première... Quelques coupons cachés au fond de leurs cabas, tirés de leurs réserves d'avant-guerre, ou sortis en douce des usines qui fonctionnent encore pour l'occupant. Et c'est du vrai, autre chose que la rayonne ou la « laine de bois » qu'on se procure avec les tickets.

Les premières à s'être mises en campagne, c'est le cas de le dire, ont prospecté dans les villages les plus proches de Sedan, à pied, à bicyclette. Ensuite il a fallu pousser un peu plus loin, prendre le train, descendre jusqu'à Mouzon, puis Stenay, puis plus loin encore, jusqu'à Dun.

Des groupes se sont ainsi formés, d'abord selon le hasard, puis en fonction des destinations, des jours choisis, des habitudes se sont installées. Ainsi, pour Dun, la destination la plus éloignée, quarante-cinq kilomètres, une bonne heure de train, le rassemblement a lieu un vendredi sur deux, à six heures et quart du matin, sur le quai de la gare de Sedan.

« Y en a encore une de plus aujourd'hui ! Viens donc jeter un coup d'œil par la fenêtre !

– Je ne vais pas regarder ces pauvres femmes comme si elles étaient des bêtes curieuses ! Elles ont bien du courage, tu sais. Venir de si loin, pour pas grand-chose... Mais on dirait que ça te contrarie, leur manège.

– Un peu, oui. Si elles se faisaient pincer ici...

– Et alors ? Tu n'y serais pour rien ! Tu n'es quand même pas chargé de vérifier le contenu de leurs bagages ! Alors, voyons... c'est laquelle la nouvelle ?

– La petite blonde, avec une robe à fleurs, un peu à l'écart. Joli brin de fille, ma foi... »

Elle s'appelle Thérèse, la petite blonde, Thérèse Leroux.

C'est poussée par ses parents qu'elle s'est résolue à tenter l'aventure. Parce qu'elle et sa petite, ça fait deux bouches à nourrir, et le père ne gagne pas lourd à la fonderie. Une habituée des vendredis, une certaine Yvonne, dont le mari travaille lui aussi à la fonderie, a proposé d'intégrer Thérèse au groupe. Entre gens dans le besoin, il est normal de s'entraider. Ce matin, elle est passée la prendre un peu avant six heures, et le temps d'arriver à la gare, elles avaient sympathisé.

Un peu timide, Thérèse n'a guère parlé durant le voyage. Par contre, elle a ri, avec les autres, d'abord étonnée de leur gaieté, puis tout heureuse de s'y mêler.

Elles ont ri... parce que, à part une ou deux, elles sont jeunes, et que leur jeunesse est toujours prête à prendre le dessus sur leurs soucis, à profiter des moindres moments de répit. Elles ont lancé des plaisanteries de gamines à propos de n'importe quoi.

Elles ont ri... parce qu'on est en juin et qu'il fait beau, qu'elles se sentent jolies dans leurs robes légères qui leur vont si bien, minces comme elles le sont toutes, forcément. Parce que Paulette, la doyenne du groupe avec sa quarantaine, s'est lancée dans ses pitreries habituelles. Elle a gardé une pratique qui lui vient de l'usine où elle travaillait avant la guerre. Parce qu'elle était aux teintures et qu'il fallait résister aux odeurs, elle prise ! Elle est impayable quand elle saupoudre le dos de sa main de brisures de tabac tirées d'une petite boîte en corne, et qu'elle les aspire avec des mines !

Elles ont ri, enfin, parce qu'il n'y a pas de risque à l'aller. C'est le soir, au retour, que les contrôles sont à craindre.

Elles n'ont pas vu le temps passer. Et maintenant les voilà à pied d'œuvre. Il va falloir se disperser et se souhaiter une bonne journée, jusqu'à ce soir où elles se retrouveront avec la fatigue du travail et leurs sacs gonflés de victuailles.

En habituées, elles savent où elles vont. Un premier groupe de quatre filles prend à droite, à la sortie de la gare. Julienne et Rose s'arrêteront au village le plus proche, Milly, alors que Georgette et Gilberte pousseront jusqu'au suivant, Murvaux. À l'inverse, Paulette, Claudine et Simone sont attendues à Cléry, Marthe et Yvonne les quitteront à l'embranchement de la route et continueront vers Aincreville.

Deux kilomètres à parcourir pour les plus chanceuses, cinq ou six pour les autres. Yvonne devine l'angoisse de Thérèse, qui ne sait quelle direction prendre.

« Allez, viens avec nous. Les Morel, ils ont assez de Marthe, ils ne te donneront pas de travail. Mais ceux qui m'emploient, les Thiébaut, sont braves et ils ne refuseront pas de te dépanner si je leur dis que tu es ma copine. »

On voit qu'elles ont l'habitude, Yvonne et Marthe, elles marchent d'un bon pas, même dans la côte à la sortie du bourg. Thérèse, qui ne quitte guère l'appartement de ses parents à Sedan, est surprise de leur allure qu'elle a peine à suivre, sans vouloir le montrer. Elle a mal dormi cette nuit, à cause de ce voyage qui l'angoissait un peu et de Claire qui a fait un cauchemar. L'éclat de la campagne dans le matin d'été, le vert cru des prairies, le jaune vif des champs de navette, l'abasourdissent un peu. Elle se sent le cœur barbouillé. Elle repense aux mots durs qu'a eus son père pour lui faire comprendre qu'elle devait participer à l'entretien de Claire, qu'à cette heure-ci sa grand-mère doit être en train d'habiller, avec ses allusions plaintives à son statut de pauvre gamine sans père.

Elle ne peut cependant pas leur en vouloir, à ses parents. Ils ne l'ont pas laissée quand elle s'est trouvée dans la détresse, puis dans le besoin. Elle se souvient une fois de plus de ce jour d'octobre 1938 où, harcelée par sa mère qui ne trouvait plus ses « machines » dans le linge à laver, elle a dû avouer qu'elle avait fauté et qu'elle était enceinte. À dix-huit ans ! Le père avait crié, l'avait insultée, giflée. La mère avait pleuré, moins sur elle que sur eux, les malheureux parents trahis qui avaient fait confiance à leur fille unique et ne méritaient pas ça, vraiment !

« C'est de lui, au moins ? » avait demandé le père, une fois tombé le gros de sa colère, ajoutant, preuve que tout de même il n'en doutait pas : « Va falloir qu'il t'épouse, le petit salaud, et vite ! »

Il y avait eu une scène, déjà, quelques mois plus tôt, quand Thérèse leur avait appris qu'elle « fréquentait ».

« Pas question ! Tu es trop jeune ! »

Elle avait su les fléchir, parce qu'elle était gentille et sérieuse, et que le garçon, bien que très jeune lui aussi, avait de quoi les rassurer et leur plaire. Paul Humbert, bientôt admis comme le fiancé de leur Thérèse, poursuivait des études qui devaient faire de lui un ingénieur. Mais l'annonce de la grossesse prématurée l'avait sérieusement contrarié, et plus encore ses parents qui avaient refusé net d'anticiper le mariage, puis de donner leur nom à l'enfant, une petite fille, Claire, née au mois de mai 1939. Ce serait pour plus tard, quand Paul aurait terminé ses études et accompli son service militaire. Thérèse s'efforçait de rassurer ses parents, de leur faire croire à ce plus tard dont elle commençait à douter elle-même. Elle sentait Paul se détacher d'elle et n'avait aucune envie de se battre pour le forcer à l'épouser.

Elle n'a pas eu à le faire. Mobilisé à la déclaration de guerre, Paul a été tué en juin 1940. Après quelques scènes pathétiques et de vagues promesses, les parents Humbert se sont désintéressés de la mère et de l'enfant, qui porte le nom de ses grands-parents maternels, Leroux.

« Aincreville, nous y voilà. Allez, à ce soir, Marthe, et bon courage ! »

La ferme des Morel se trouve à l'entrée du village, alors que celle des Thiébaut est dans le bas, vers le ruisseau. Des bâtiments massifs, la grange, l'écurie, l'étable, le corps de logis en enfilade. Par devant, la cour, avec le tas de fumier au beau milieu, une charrette pleine de foin, des poules et des canards, et un grand chien qui se précipite pour accueillir les deux jeunes femmes. Yvonne se retourne pour rassurer Thérèse.

« Ne crains rien, il n'est pas méchant. Allez, calme, Gaspar. Tu vas voir, la mère Thiébaut est un peu bourrue, mais elle a bon cœur. Si tu entres avec moi, elle ne t'enverra pas chercher ailleurs. »

Une grande et forte femme apparaît sur le seuil, une cafetière à la main.

« Ah, vous voilà, Yvonne, on vous attendait pour boire le jus, avec la Ninie. Et la demoiselle, là, elle vient aussi pour travailler ? Elle sait chez qui aller, au moins ?

– Justement non, madame Thiébaut, elle ne connaît personne, alors je me suis dit qu'elle pourrait peut-être rester avec moi chez vous...

– Mais c'est que je n'ai pas prévu de l'ouvrage pour deux, moi. Enfin entrez toujours, on ne va pas causer de ça devant la porte. »

Après le grand soleil du dehors, la pièce où les deux jeunes femmes suivent la patronne semble sombre, et Thérèse s'arrête sitôt le seuil franchi pour regarder autour d'elle. C'est une grande cuisine de ferme, avec une longue table recouverte d'une toile cirée à carreaux, deux hauts buffets de chêne, une énorme cuisinière toute noire, une pendule à balancier, un vaste évier de pierre.

Yvonne est déjà en train de faire l'inventaire d'un gros tas de linge préparé à son intention sur une chaise.

« Venez d'abord boire un jus, avant de commencer. Et vous aussi, la demoiselle, approchez. »

Il y a déjà une personne assise près de la table, une autre femme, nettement plus âgée que la patronne, menue, qui encourage Thérèse d'un sourire. Mme Thiébaut emplit les tasses.

« Vous savez, explique-t-elle pour Thérèse, on met ça dans la cafetière pour faire comme si c'était du vrai café, mais c'est fait avec de l'orge grillée, et comme on n'a pas de sucre non plus, v'là ce qu'on met dedans, de la mélasse, des betteraves cuites et recuites tant et plus sur le coin de la cuisinière. C'est la Ninie qui nous fait tout ça. »

La Ninie, qui acquiesce, c'est la vieille dame près de laquelle Thérèse s'est assise.

« On se débrouille comme on peut, dit-elle, le café et le sucre c'est pas le plus important. Y a plus malheureux que nous, la preuve...

– Alors vous aussi vous avez besoin de travailler, reprend Mme Thiébaut. Qui c'est qui vous prendrait bien au village, à première vue, comme ça, je ne vois pas... C'est que tout le monde ne marche pas dans la combine, y en a qui ont peur d'avoir des histoires... »

Un silence. Yvonne n'ose pas insister. Elle connaît la bonté de Mme Thiébaut, mais elle sait aussi que ce n'est pas quelqu'un à qui on force la main. Thérèse baisse les yeux, tourne sa cuiller dans sa tasse.

Une main se pose sur son bras.

« J'ai mes carreaux qui sont plus que bons à faire, et des haricots à cueillir. Je vous emmène chez moi pour aujourd'hui, si ça peut vous rendre service, et pour après on tâchera de voir. Allez, à tantôt Joséphine, et merci pour le jus, dit-elle en se levant. C'est comment votre petit nom, à vous ?

– Thérèse.

– Alors venez Thérèse, ma maison est là tout près, y a que la cour à traverser. »

La Ninie, de son véritable nom Virginie Thiébaut, veuve Mangin, est la tante de Joséphine, ou plus précisément de son mari, Léonce. C'est lui qui exploite son bien, comme l'a fait précédemment son père. Parce que la Ninie est veuve depuis longtemps. Son mari, Ferdinand, a été tué tout au début de la guerre de 1914. Ils venaient de se marier, un peu tardivement puisqu'ils avaient l'un et l'autre dépassé la trentaine, s'adoraient, rêvaient d'avoir des enfants. Le coup a été si rude que la Ninie s'est sentie devenir vieille tout d'un coup, à trente-deux ans. Elle n'avait pas la force de diriger seule sa ferme, et encore bien moins l'intention de se remarier. Elle a cédé son bien à son frère. Cédé, plus que loué, car le montant du bail était dérisoire, mais le preneur s'engageait à subvenir aux besoins de sa sœur, ce à quoi il n'a jamais failli. Les conditions n'ont pas changé quand Léonce a pris la succession de son père, et la Ninie, vraiment, n'a pas à se plaindre de son neveu, ni de sa femme, la Joséphine.

Il n'y a pas deux heures que Thérèse est chez la Ninie, et déjà elle sait tout cela. Grimpée sur une chaise, elle frotte les carreaux, en s'arrêtant de temps en temps pour sourire à la vieille dame qui la suit de fenêtre en fenêtre pour lui raconter sa vie.

Quelque chose est passé d'emblée entre les deux femmes, malgré la différence d'âge. Une sympathie, une confiance. La Ninie a bien envie de demander à Thérèse de revenir, même si elle n'a pas réellement besoin de ses services. Et Thérèse sent qu'elle ne va pas tarder à lui faire à son tour des confidences, à lui parler de sa petite Claire. En écoutant la Ninie, elle pense à sa mère, qui ne peut s'empêcher de qualifier de « pauvres » tous ceux qu'elle nomme : ton pauvre père... ma pauvre fille... la pauvre gamine... La Ninie, au contraire, ne se lamente pas, elle est gaie, et si drôle avec cette façon qu'elle a de dire « la » Joséphine, ou « not' » Léonce.

À midi, les fenêtres de la Ninie luisent de propreté, comme le parquet de sa chambre et le carrelage de sa cuisine.

« Venez manger maintenant, ma petite Thérèse, vous l'avez bien mérité ! »

Une vraie omelette, un ragoût de pommes de terre, une salade du jardin. Comme Claire serait heureuse ici ! Elle ne peut retenir ses mots :

« J'ai une petite fille, qui a eu quatre ans le mois dernier...

– Une petite fille, doux Jésus ! Et comment donc qu'elle s'appelle ?

– Claire. »

Le visage de la Ninie en est tout illuminé.

« Vous comprenez, Thérèse, j'étais la seule fille chez nous, j'avais que des frères, trois, qui me menaient la vie dure. Alors, avec mon Ferdinand, on se disait qu'on tâcherait de faire le contraire, d'avoir trois filles pour un gars. Mais la guerre en a décidé autrement. Alors après j'ai attendu d'avoir des nièces. Mais le plus vieux de mes frères ne s'est jamais marié, le deuxième n'a eu qu'un fils, not' Léonce, et le troisième est mort au front lui aussi. Faut que je me fasse une raison, j'aurai jamais une gamine à gâter, puisque le Léonce et la Joséphine n'en ont pas non plus. Ils ont fait deux gars. Ben tiens, en v'là justement un ! Approche, mon gamin, viens dire bonjour à Thérèse, n'aie pas peur ! »

Thérèse a à peine le temps de se tourner vers la porte ouverte que le gamin s'enfuit, elle ne l'aperçoit que de dos. Un solide gaillard d'une douzaine d'années, semble-t-il, aux cheveux très blonds, presque blancs.

« C'est not' Martin, un drôle d'oiseau... »

La Ninie n'en dit pas plus pour le moment. Elle regarde Thérèse, qui s'est levée pour débarrasser la table, et la trouve décidément gentille. Et tellement jolie, en plus. Quel âge peut-elle avoir ? Guère plus de vingt ans, sans doute.

« Vous êtes une bien jeune maman, Thérèse.

– J'allais sur mes dix-neuf ans quand Claire est née. »

Thérèse reste appuyée à l'évier. Elle baisse les yeux. Elle n'a pas honte devant la Ninie. Au contraire. Ce qu'elle aimerait, c'est lui raconter tout, tout de suite. Mais elle n'ose pas. Un peu plus tard, peut-être...

Un peu plus tard, c'est dans le jardin. Thérèse cueille les haricots et la Ninie vient la rejoindre, avec sa halette pour se protéger du soleil, et son pliant, parce qu'elle ne peut plus s'accroupir. Comme elle sait de quoi elles vont parler, elle n'y va pas par quatre chemins : « Alors, ma petite Thérèse, c'est-y madame ou mademoiselle qu'il faut vous dire ? »

Et quand elle sait tout, elle ne juge pas, ni rien ni personne, elle ne s'apitoie pas non plus. Elle rassemble les coins de son tablier autour de sa cueillette et elle dit en se levant : « Faudra me l'amener, cette petite-là, la campagne, ça lui fera du bien. »

« Vous me l'amènerez, n'est-ce pas ? » répète-elle quand, vers six heures, Thérèse l'embrasse avant de la quitter. Elle emporte un sac rempli de denrées précieuses. Un lapin dépouillé, vidé, roulé dans un torchon, un morceau de porc salé, une douzaine d'œufs enveloppés un par un dans du papier journal, un bocal de saindoux, et, merveille des merveilles, un pot de confiture, pour la petite, a précisé la Ninie, faite l'année d'avant avec des fraises du jardin et un reste de vrai sucre. Sur tout ça, elles ont disposé quelques légumes qu'on peut transporter sans risque, et le gilet de Thérèse.

La route vers la gare semble longue, le soir, avec le poids de la journée de travail, et celui des sacs, sur lesquels pèse la menace du contrôle tout à l'heure dans le train. Ce n'est pas fréquent, sur une ligne secondaire, mais Yvonne rappelle ce soir de l'hiver dernier où celui qu'on surnomme « le coyote » a fait vider tous les cabas, avec des commentaires déplacés et des menaces où il était question de marché noir et de Gestapo, avec tout ce que laissent entrevoir ces mots sinistres.

Mais, ce soir, Thérèse a le moral. Elle a trouvé une amie, qui va l'aider à supporter les mois, on n'ose pas dire les années, qui restent à passer en attendant la fin de la guerre. La Ninie lui a assuré qu'elle aurait la chance avec elle, et elle l'a crue.

« Alors vraiment, tu l'emmènes, la pauvre gamine ? Si tôt ? Regarde comme elle bâille ! Qu'est-ce qu'elle va faire là-bas, toute la journée, pendant que tu travailleras ? Et s'il allait vous arriver quelque chose, sait-on jamais... ce n'est peut-être pas prudent, ma fille, ce que tu fais là... »

Mme Leroux a été contente de toutes les provisions rapportées par Thérèse, elle a su les faire durer toute la quinzaine. Elle avoue que Claire s'ennuie dans l'appartement quand sa mère n'est pas là. Mais c'est plus fort qu'elle, il faut qu'elle se lamente. Thérèse ne répond pas. Elle prépare sa petite encore à moitié endormie, et l'installe dans la poussette que son père a bricolée pour qu'elle puisse la plier dans le train.

Claire est attendue à la gare par les compagnes de sa mère. Thérèse, encouragée par l'accueil de la Ninie, leur a raconté son histoire, l'autre fois, au retour, et son statut de fille-mère lui a valu la sympathie de toutes. Elles sont braves, pas bégueules pour un sou, et certaines n'ont dû qu'à la chance de ne pas connaître le même sort. Dans le train, l'enfant passe des bras de l'une aux genoux de l'autre et, plus tard, sur la route, c'est à qui s'attellera à la poussette, d'Yvonne ou de Marthe.

La Ninie, comme tous les matins, est chez la Joséphine pour le jus. Mais pas à l'intérieur. Sur le seuil à guetter les Sedanaises, et son visage s'éclaire quand elles pénètrent dans la cour, annoncées par Gaspar. Elle se tourne vers sa nièce qui est restée dans la cuisine. « Viens donc voir, Joséphine, la belle petite qui nous arrive ! »

Claire, qui a achevé sa nuit écourtée dans le bercement de la poussette, s'éveille en se frottant les yeux, un peu dépaysée. Mais vite rassurée par la douceur du visage qui se penche vers elle, elle se confie aux bras qui se tendent. Et la Ninie l'emporte dans la cuisine où l'attend un grand bol de lait chaud.

La matinée à peine finie, déjà la Ninie avait fait une proposition à Thérèse : accueillir Claire chez elle par intervalles, pour une quinzaine ou davantage. Et pourquoi pas pour tout l'été, si la petite le voulait bien. Elle a été immédiatement séduite par l'enfant. Par sa gentillesse, sa confiance, sa vivacité d'esprit. Séduite, et en même temps émue, par la pâleur de ses joues, la minceur de ses membres.

Thérèse a été touchée, mais elle n'a pas voulu accepter si vite. Alors, après le repas pris tous ensemble chez la Joséphine qui avait tué un coq, la Ninie, bouleversée par l'émerveillement de Claire devant l'abondance de nourriture et son appétit d'oiseau d'enfant habituée aux privations, est revenue à la charge. C'est là que Thérèse, impressionnée par la forte personnalité de la Joséphine, lui a fait part de ses scrupules, aussitôt balayés.

« Je suis bien tentée d'accepter, mais que vont en penser vos neveux ?

– Oh ! pour ça, ne vous faites pas de souci. D'abord parce que je suis chez moi et libre d'agir comme bon me semble, même si c'est eux qui me nourrissent. Et puis not' Léonce est la bonté même, et la Joséphine aussi, sous ses airs un peu bourrus. Je vais vous dire une chose, c'est qu'elle est arrivée ici dans le besoin, pour demander du travail, comme vous. Bien pire que vous ! Et ça elle ne l'a pas oublié. Non, Thérèse, ne craignez rien, personne ne la regardera de travers, votre petite, au contraire. »

À cause du temps qui menace, Léonce a réquisitionné, pour rentrer les foins, Yvonne et la Joséphine qui a confié à Thérèse un panier de linge à raccommoder. Claire s'est endormie dans les bras de la Ninie qui va la déposer dans son lit et revient s'asseoir près de Thérèse pour reprendre leur conversation.

« Oui, la Joséphine, je disais donc, quand elle est arrivée dans la région, à part son courage elle n'avait pas grand-chose... »

C'était en 1931. Elle avait vingt-huit ans. Elle ne s'appelait pas encore Joséphine, mais Joséfa, de son nom de jeune fille Krowalski. Polonaise.

Elle faisait partie d'un groupe d'immigrés, jeunes hommes et femmes, à la recherche de conditions de vie meilleures que celles de leur patrie. Leur rêve à tous, c'était le pays de cocagne, l'Amérique. Le frère cadet de Joséfa, Stanislas, avait eu cette chance. Ils étaient orphelins. Parce qu'il était un garçon, de plus volontaire et débrouillard, ses oncles lui avaient offert la traversée. La fille avait dû se contenter de prendre le chemin de la France et s'était retrouvée en Lorraine, comme bon nombre de ces exilés. Ils étaient répartis, en fonction des besoins en main-d'œuvre, dans les mines et les hauts fourneaux pour les hommes, alors que les femmes étaient souvent envoyées dans des fermes.

Joséfa débarquait du train avec un pauvre bagage, pas même une valise, un balluchon serré dans un drap, mais beaucoup de courage, de détermination et de reconnaissance pour le pays qui l'accueillait. Elle méritait sa chance, elle aussi. Elle l'a eue. Elle est bien tombée. Dans une ferme de Gesnes dont les patrons étaient des gens durs à la tâche, mais honnêtes et capables d'affection.

Joséfa a vite compris qu'elle réussirait à se faire une place ici et qu'elle ne retournerait jamais en Pologne. Il lui fallait donc s'intégrer le plus vite et le mieux possible. Par la langue, d'abord. Elle connaissait un peu le français pour l'avoir appris chez les sœurs, à l'orphelinat où elle avait passé son enfance. Elle a vite progressé, luttant contre son accent, jusqu'à le perdre presque complètement. Pour s'habiller, se coiffer, se tenir, elle prenait modèle sur sa patronne et les jeunes femmes du village.

Elle comprenait mal ses compatriotes disséminés aux alentours qui se recherchaient pour cultiver ensemble le souvenir et les coutumes de leur pays. Sans aller jusqu'à donner raison à ceux qui les traitaient de « polacs », elle pensait que c'était à eux de faire des efforts.

Elle prenait goût au travail de la ferme. Elle sentait qu'ici la terre faisait plus que nourrir ceux qui se consacraient à elle, qu'elle pouvait les enrichir et leur valoir respect et considération. Elle se mêlait aux jeunes gens du village. À l'église, au lieu de rester au fond, à la place des humbles, elle allait dans le banc des filles et chantait avec elles. Quand il y avait une fête aux alentours, elle se joignait au groupe qui s'y rendait, à pied ou à vélo. Elle empruntait celui de sa patronne, qui finit par lui en acheter un.

Joséfa voulait passer pour une Française, à défaut d'en être une vraiment, et s'il n'y avait pas eu son prénom pour rappeler son origine, on aurait pu s'y tromper. D'autant plus qu'elle était brune, et non pas blonde comme la plupart de ses compatriotes. Par la taille et la carrure, le teint, les attaches fortes, elle ressemblait à toutes les jeunes paysannes lorraines habituées au grand air et aux rudes travaux.

C'est à la fête à Aincreville, en 1933, qu'elle a commencé à fréquenter Léonce Thiébaut. Elle le connaissait un peu pour avoir déjà dansé avec lui. Elle le savait fils de paysans. Léonce était un garçon tout à fait ordinaire physiquement, pas fainéant mais un peu mou, réservé, surtout avec les filles. Encore célibataire à trente-deux ans, il savait qu'il ne pouvait plus regarder du côté des jeunettes et qu'il ne lui faudrait plus guère se montrer difficile s'il voulait se caser. Ce n'est pourtant pas par dépit qu'il s'est intéressé à Joséfa, mais parce qu'il la trouvait appétissante et saine, et que, ayant des cousins à Gesnes, il avait entendu parler de ses grandes qualités.

Pour épouser Léonce, quelques mois plus tard, Joséfa a demandé et obtenu sa naturalisation, et bien que son prénom d'origine ait été maintenu sur les papiers officiels, elle s'est depuis ce jour-là fait appeler Joséphine.

Un peu réticents par principe, les parents de Léonce ont vite reconnu leur bru comme une des leurs. Usés par leur vie de travail, mais rassurés quant à l'avenir, ils ont passé le flambeau au jeune couple et se sont retirés pour une retraite dont ils n'ont guère eu le temps de profiter.

Sous l'influence de Joséphine, la personnalité de Léonce s'est transformée. Il a pris de l'assurance, l'imitant dans sa vitalité, son intransigeance, son respect du devoir.

Leur premier enfant est né juste un an après leur mariage. Un gros garçon de dix livres prénommé Martin. Un bébé qui à deux mois en paraissait six, mais dont le développement mental ne suivait pas la croissance. Quand Léonce et Joséphine se sont décidés à consulter un spécialiste, ils se sont entendu dire que leur fils était, et resterait, un attardé.

Joséphine a peut-être pensé qu'elle payait là le prix de sa réussite trop rapide, donc qu'elle devait faire son devoir en acceptant l'enfant tel qu'il était. Et puisqu'elle s'acquittait ainsi de sa dette envers le sort, elle pouvait espérer un prochain enfant tout à fait normal. Ce fut un autre garçon, Patrick, de deux ans le cadet de Martin.

Maintenant, la Joséphine Thiébaut a la quarantaine. Thérèse, qui fait si jeune avec sa taille fine et ses boucles blondes, lui en aurait volontiers donné dix de plus. La Joséphine l'impressionne. Ces hanches larges, cette forte poitrine, ces épaules d'homme, ce gros chignon grisonnant roulé sur la nuque... De plus elle parle fort, toujours comme si elle commandait. Il y avait toute une tablée chez elle à midi, autour de ce coq sacrifié, une tablée dont elle était incontestablement la patronne.

« Vous avez raison, Thérèse, c'est quelqu'un la Joséphine, et il ne fait pas bon lui marcher sur les pieds, mais n'empêche qu'elle est droite et généreuse. Avez-vous remarqué comme elle mangeait vot' petiote des yeux ? Une petite fille, ça lui manque, à elle aussi. Et à not' Léonce donc... Vous allez nous la laisser, n'est-ce pas, ça fera une petite sœur pour nos deux gamins. »

Thérèse sourit. Comment refuser à la Ninie quelque chose qui de toute évidence sera bon pour Claire ?

C'est Patrick qui va achever de la décider. Il vient de rentrer de l'école. Il arrive chez la Ninie en courant. Il a deux pommes, une dans chaque main, des pommes de l'année dernière, à la peau grise, un peu fripée.

« Papa a dit que, finalement, on n'aura pas l'orage. Il vient de ramener un chariot de foin et il repart pour en chercher un autre. Je viens voir si la fille veut bien venir avec nous. Papa nous montera sur le dos du Bijou, y a pas de danger, il est vieux et gentil. »

« La fille » a fini sa sieste. Elle sourit à la proposition, et sans s'occuper ni de sa mère ni de la Ninie, elle se précipite vers Patrick. Pour pouvoir lui prendre la main, il lui tend une des deux pommes et l'entraîne vers la cour de la ferme où les attend Léonce. Thérèse s'avance sur le seuil pour les suivre des yeux. Elle voit le fermier qui soulève les deux enfants, l'un après l'autre, pour les déposer sur le dos de l'énorme cheval. Elle se demande si elle a déjà entendu sa petite rire d'aussi bon cœur.

« Je ne peux pas vous la laisser aujourd'hui, elle n'a pas ses affaires et je dois prévenir mes parents. Mais la prochaine fois, c'est promis, j'apporterai ce qu'il faut et elle restera avec vous. »

À partir de ce moment-là, juin 1943, les allers et retours de Thérèse entre Sedan et Aincreville ont eu pour principale raison d'amener Claire chez la Ninie, ou de la reprendre. Les séjours de la fillette duraient en général deux semaines, mais certains se sont prolongés, par exemple pendant l'été 1944, qu'elle a passé presque entier à la campagne.

La Ninie était aux anges quand elle avait « sa » gamine, qui manifestement se trouvait très heureuse auprès d'elle. Non seulement parce qu'elle n'y manquait de rien, mais plus encore parce qu'elle découvrait une foule de choses inconnues et drôles, et que la Ninie était gaie. Elle ne geignait jamais comme la grand-mère Leroux, au contraire elle riait beaucoup, elle chantait, elle racontait des bêtises. Alors Claire aussi riait beaucoup. Des petits noms que lui donnait la Ninie : ma clarinette, ma frise-poulette. Des comptines qu'elle lui apprenait : « T'en rappelles-tu, Titine, un jour qu'il faisait froid... » « Penses-tu,

Ninette, que les poules pètent, que les canards fument la cigarette... »

Elle dormait dans un grand lit qui disparaissait presque tout entier sous un énorme édredon rouge, et l'hiver, quand il faisait froid, la Ninie y glissait des briques vernies qu'elle tirait du four de sa cuisinière et enveloppait dans du papier journal.

Patiente comme pas deux, la Ninie lui apprenait à tricoter, avec de la laine récupérée d'un vieux chandail et de grosses aiguilles en bois, ou à faire de la broderie au point de croix, avec du coton rouge sur un carré de tissu. Elle lui faisait tourner la manivelle du grilloir à orge. Au jardin, elle lui réservait un petit coin où la gamine pouvait s'amuser à piocher et à repiquer des fleurs. Malgré la mauvaise qualité de la farine, que Léonce faisait lui-même en douce, et le manque de sucre, elle lui confectionnait des gâteaux qu'elle appelait des « bourre l'ours » quand ils étaient un peu trop compacts. Elle envoyait Claire chez la Joséphine, pour inviter « not' Martin » et « not' Patrick » à les partager.

Des deux garçons, c'est bien sûr Patrick que Claire préférait, parce qu'il était le plus proche par l'âge et qu'il s'occupait d'elle. Quand il n'était pas à l'école, il venait la chercher pour l'associer à ses jeux ou à ses menues occupations. Il avait pour tâches de préparer du petit bois pour allumer le feu, de cueillir des pissenlits pour les lapins, de glaner des épis derrière la moissonneuse pour les poules, de reconduire les vaches au pré après la traite. Claire le suivait et s'efforçait de l'aider, ce qui lui valait parfois quelques désagréments, piqûres d'orties, chutes, écorchures, vêtements déchirés que la Ninie réparait sans jamais la gronder.

Martin, elle le trouvait grand, et il l'était, paraissant facilement douze ou treize ans quand il en avait à peine neuf. Grand, et « drôle ». Elle mettait dans ce mot tout ce qui l'intriguait et l'effrayait un peu aussi, vaguement. Sa bouche toujours ouverte, son vocabulaire réduit à quelques mots, qu'il répétait par saccades, la façon qu'il avait de les suivre parfois, elle et Patrick, en restant à quelques mètres derrière eux, courant quand ils couraient, riant quand ils riaient.

Martin, malgré son handicap, allait de temps en temps à l'école, quand Léonce et Joséphine étaient très occupés. C'est l'institutrice, une excellente femme, qui le leur avait proposé, en espérant peut-être quelque amélioration de son état. Mais, comme partout, il se tenait en retrait, silencieux, reproduisant sans les comprendre les attitudes et les gestes des élèves.

Claire interrogeait souvent la Ninie :

« Pourquoi il est comme ça, dis, not' Martin ? »

C'était la seule question qui restait sans réponse. « Il est comme ça, c'est tout. »

Quand Thérèse venait récupérer sa fille, elle la retrouvait chaque fois moins fluette, moins pâle, plus hardie, plus rieuse. Pour tout dire plus heureuse.

Les grands-parents Leroux ne pouvaient que constater eux aussi les bienfaits de la campagne sur la santé et l'épanouissement de l'enfant. Cependant ils invoquaient mille raisons pour inciter Thérèse à limiter les séjours chez la Ninie. Claire n'allait-elle pas trop s'y attacher ? Peut-être jusqu'à la préférer à sa propre famille. Au risque d'en souffrir quand le manège cesserait, puisque la fin de la guerre, qui ferait tout rentrer dans l'ordre, arriverait bien un jour. Comment pourraient-ils, eux, remercier la Ninie ? Elle ne demandait rien, bien sûr, mais ils se sentaient tout de même un peu gênés. Enfin, il y avait les risques, on parlait beaucoup de bombardements, ne valait-il pas mieux demeurer tous ensemble quand se produirait l'inévitable repli des Allemands ?

En dernier lieu, ils déploraient l'évolution des manières de Claire, et son vocabulaire. Elle disait « la » Ninie, « not' » Patrick, le dîner pour le repas de midi et le souper pour celui du soir. Elle réclamait des « patates », se lavait les mains « au lévier », et répétait les jurons, heureusement peu violents, de Léonce : bonté divine ! cré nom de bleu !

Thérèse ne pouvait leur donner entièrement tort. Elle voyait bien que Claire quittait toujours à regret la Ninie et les Thiébaut, même si la petite, pour ne pas lui faire de peine, s'efforçait de ne pas le montrer. Une seule fois Claire s'était laissée aller à pleurer. « J' veux pas aller à Sedan... J' veux rester chez la Ninie... » Thérèse n'avait pas cédé. Et bien lui en avait pris. Que se serait-il passé si l'enfant n'avait pas été dans le train ce soir-là ?

C'était en janvier 1944. Thérèse remportait comme chaque fois quelques provisions, d'autant plus intéressantes, mais dangereuses, que Léonce avait abattu clandestinement un cochon l'avant-veille.

À l'arrêt du train en gare de Stenay, les femmes virent monter le contrôleur du ravitaillement, accompagné d'un Allemand en uniforme et armé. On disait « le coyote » particulièrement sévère, sans doute parce qu'il était inquiet du sort qui serait le sien après la guerre, quand il se retrouverait du mauvais côté. Il délaissait quelque peu le train, où le trafic était somme toute bien minime, pour harceler les paysans et les commerçants. Mais ce soir-là il avait décidé d'y exercer son pouvoir.

Elles n'étaient plus que cinq dans le compartiment. Le groupe avait diminué au fil des mois, certaines, dont Yvonne, ayant cédé au froid et à la peur. « Mesdames et mesdemoiselles, contrôle des bagages ! Veuillez ouvrir les sacs, s'il vous plaît ! »

Celui de Paulette, la première, ne contenait rien de répréhensible. Et pour cause ! Dans la ferme d'où elle venait, on avait aussi tué un cochon, et si elle avait gardé son manteau, c'était pour dissimuler une étrange ceinture épaisse maintenue par des torchons épinglés…

Thérèse était la suivante. Le coyote perçut son hésitation. Il lui arracha son sac pour soulever les quelques vêtements, stratagème dérisoire, sous lesquels un linge taché de rouge trahissait le commerce interdit.

L'Allemand regardait Claire, qui ne comprenait pas, mais, devinant le danger, s'était serrée contre Thérèse. Elle a levé vers lui ses yeux remplis de peur.

Sans dire un mot, l'Allemand a stoppé d'un geste la colère triomphante du coyote et l'a poussé hors du compartiment. Puis il est sorti à son tour, après avoir posé sa main sur les cheveux de Claire en murmurant : « *Mädchen…* »

Thérèse a continué à emmener Claire chez la Ninie, mais elle reprenait désormais le train sans risque, c'est-à-dire sans ravitaillement. Mieux valaient les privations que le danger.

L'année 1944 apporta l'espoir, hélas accompagné de son lot de difficultés et de malheurs. Voilà que dans l'est les alliés bombardaient les points stratégiques pour couper la route aux Allemands.

Cette année-là, les sangliers, très nombreux, firent des ravages dans les cultures. Pour protéger son champ de pommes de terre, Léonce l'avait entouré d'une clôture à un seul fil non barbelé sur lequel pouvait coulisser le dernier anneau d'une longue chaîne. Le soir on y attachait Gaspar, le transformant ainsi en gardien de nuit. C'était souvent Patrick qui l'y conduisait, le chien étant assez docile pour être confié à un enfant de cet âge. Comme le champ se trouvait à proximité du village, Patrick emmenait Claire, que la promenade ravissait, d'autant plus que le chemin était bordé de ronciers aux mûres délicieuses.

Un soir, alors que les deux enfants allaient atteindre le champ, un groupe de trois avions apparut et se mit à descendre en piqué, puis à remonter pour piquer encore, plusieurs fois de suite, avec des sifflements aigus suivis de détonations. Que visaient-ils ? On le sut plus tard : quelques cratères aux alentours de la gare de Dun témoignaient le lendemain du ratage de la mission.

Pris d'une peur bleue, persuadé que les avions voulaient détruire son village et que Claire et lui allaient recevoir des éclats de bombes, et peut-être mourir, Patrick la tira vivement par la main et se jeta avec elle dans le fossé, après avoir lâché la chaîne du chien qui s'enfuit, affolé lui aussi par le bruit des avions. Quelques minutes plus tard, Léonce et Joséphine, suivis par Ninie et Martin, les trouvèrent blottis l'un contre l'autre, pleurant à chaudes larmes.

La prise de conscience du danger incita Thérèse à ne plus laisser Claire seule au village. Elle venait de temps en temps y passer une semaine avec elle, se rendant utile du mieux qu'elle pouvait auprès de la Ninie et des Thiébaut. Puis, au printemps qui suivit le dur hiver 1944-1945, marqué de soubresauts dramatiques, les choses s'arrangeant enfin, elle la leur confia à nouveau.

C'était aussi pour la soustraire au climat familial qui se détériorait. Les longues et difficiles années que Mme Leroux avait passées confinée dans le petit appartement, la prudence inquiète de son mari qui, faute de certitudes, le poussait à n'avoir confiance en rien ni personne, tout cela les avait aigris et ils s'épuisaient en récriminations de toutes sortes. D'autant plus que Thérèse avait un nouvel ami et leur tenait tête quand ils essayaient de lui en interdire la fréquentation. Il s'agissait de Georges Pérot, dit Jojo, un titi parisien effronté et gouailleur, ex-maquisard dans les FFI, sorti de la clandestinité, grand admirateur des « Amerlocks ». Il dévergondait Thérèse, au dire de ses parents, l'entraînant dans des bals où les jeunes avides de plaisir swinguaient toute la nuit au son d'orchestres improvisés.

Quand le 8 mai 1945 les cloches se mettent à sonner partout pour annoncer la capitulation allemande, Claire est à Aincreville, brandissant avec Patrick, et

Martin derrière eux, de petits drapeaux bleu-blanc-rouge que la Ninie a confectionnés avec des chiffons.

Elle y revient encore un peu au cours de l'été 1945. Puis, comme elle a six ans, elle doit suivre régulièrement l'école. Thérèse travaille, elle a trouvé un emploi de vendeuse. Jojo a regagné la région parisienne et il l'encourage à l'y rejoindre au plus tôt pour l'épouser.

Les séjours s'espacent et Thérèse amène Claire pour la dernière fois à Pâques 1946. Si la petite retrouve immédiatement sa joie, ses habitudes, Patrick et leurs jeux, le lien est comme rompu entre la Ninie et Thérèse, qui lui apprend qu'elle va refaire sa vie. On dirait qu'elles savent qu'elles ne se reverront plus. Elles se sont connues à cause de la guerre, la guerre est finie, la page se tourne. Parce qu'elles n'osent pas, ou ne savent pas comment s'y prendre, elles ne se livrent pas le fond de leurs pensées. Elles ont pourtant une même idée en tête. Et si Claire restait ici, le temps que Thérèse arrange son avenir ?

Mais celle-ci aurait le sentiment de se décharger de sa fille pour aller vivre son nouvel amour, et la Ninie celui de ne pas lui faire confiance dans son choix. À chacun sa vie, sa famille, ses enfants...

Alors elles parlent d'autre chose, de la nourriture, des denrées qu'on trouve à nouveau, de ce qui manque encore... Et quand elles se quittent, Thérèse se sent un peu coupable d'ingratitude. Elles noient toutes les deux leur pressentiment d'une séparation définitive sous des au-revoir et des promesses de nouvelles.

Celles-ci ne seront pas nombreuses. Quelques courtes lettres, où Claire ajoute de son écriture hésitante « de gros baisers pour sa Ninie ». La Ninie répond aussi brièvement, que tout le monde va bien et qu'elle aussi embrasse bien fort sa « Clarinette ».

Pour le nouvel an 1947 arrive une carte de vœux, signée Thérèse Pérot, postée de Bondy, sans adresse précise. Puis plus rien.

« Tout de même, après ce que vous avez fait pour elles... », grogne la Joséphine qui de temps en temps interroge la Ninie pour savoir si elle a reçu quelque chose. Mais la Ninie n'a pas de colère ni de rancune. Elle a ses souvenirs, et sur son buffet une photo de Claire et de Patrick qui se tiennent par la main et grimacent dans le soleil.

2

La Ninie a rarement du courrier, en dehors de son journal qu'elle lit l'après-midi et passe à Léonce le soir. Quand par hasard elle reçoit une lettre, le facteur marque le coup, toujours avec la même formule : « Ah ! Madame Mangin, v'là des nouvelles ! J'espère que c'est pas des mauvaises ! » Il s'attarde un peu, moitié par curiosité, moitié dans l'espoir que l'événement va lui valoir une petite « goutte ».

La Ninie reconnaît tout de suite l'écriture de Thérèse. Plus de six années sans un signe, et voilà une lettre ! Elle est bien trop pressée pour inviter le facteur à entrer, ne serait-ce qu'une minute.

« Merci, facteur, à demain ! »

Ses mains tremblent. Vite, les lunettes ! Le cachet est de Bondy, comme la dernière fois si lointaine, mais au dos de l'enveloppe il y a une adresse complète. C'est donc que le contenu de la lettre suppose une réponse.

La Ninie hésite un peu. Faut-il aller l'ouvrir chez la

Joséphine, qui à cette heure-ci est en train de préparer son dîner ? Non. Elle va la lire ici, toute seule, et elle ira la lui montrer après.

Bien chère madame Ninie.

Ses yeux s'embrument. Elle tire son mouchoir de la poche de son tablier et s'assoit près de la fenêtre.

Thérèse commence par présenter ses excuses pour ce si long silence qui, affirme-t-elle, ne l'a pas empêchée de penser bien souvent à la Ninie et à toute la famille. Elle remercie encore pour tout le bien qui lui a été fait. Elle est donc mariée, et après avoir travaillé chacun de son côté, son Jojo en usine et elle comme vendeuse, ils se sont lancés et ont pris la gérance d'un café. Ils ont un petit garçon, Daniel, né en 1948.

En ce qui concerne Claire...

Elle y arrive enfin ! C'est ce que la Ninie attend depuis le début de sa lecture !

Claire a eu une broncho-pneumonie l'hiver dernier, et si après un mois d'hôpital le danger était écarté, elle est restée fragile. Elle tousse encore souvent, n'a guère d'appétit. Bref, tout ça n'est pas bon pour une gamine à l'âge de la formation. Malgré tout elle travaille bien à l'école. Elle a décroché son certificat l'année dernière et apprend maintenant la dactylo pour devenir secrétaire. Le médecin a parlé pour cet été de la nécessité de l'envoyer au grand air. Il lui fera un dossier pour une maison spécialisée, à moins qu'elle n'ait de la famille à la campagne. De la famille, non, mais Thérèse a pensé à la Ninie...

Est-ce qu'on pourrait vous l'envoyer pour le mois de juillet ? Elle dit qu'elle serait si heureuse, parce qu'elle ne veut pas aller en maison. On vous paiera sa pension.

Les dernières lignes de la lettre n'ont plus d'importance. La Ninie en parle toute seule de joie. « Il ferait beau voir ça, me payer une pension ! Comment je vais la soigner, moi, ma frise-poulette ! »

Quand elle est un peu remise de ses émotions, elle court chez ses neveux, avec sa lettre à la main. La table est mise, Léonce vient de rentrer des champs, Martin est déjà attablé, les coudes écartés, la bouche ouverte. Du coup elle est invitée à manger et, pendant tout le repas, il n'est question que des souvenirs de Thérèse, de Claire, et de ces drôles d'années où plus rien ne tournait rond.

« Et toi, not' Martin, t'en souviens-tu de la petite Claire ? demande la Ninie.

– Claire... Claire... »

Martin fait des efforts, roule les yeux, se gratte la tête.

« Claire... j' sais pas...

– Tu la reconnaîtras quand tu la verras. C'est not' Patrick qui va être content, lui ! »

Patrick est à l'école d'agriculture de Ménil-la-Horgne, près de Bar-le-Duc. Comme il était bon élève à l'école communale, il est allé au cours complémentaire où il a obtenu son brevet. Il aurait pu envisager de bonnes études, mais il aime la terre et veut être cultivateur, comme son père, même s'il emploie un autre mot : agriculteur. Un métier qui s'apprend aussi dans les écoles, maintenant, une semaine sur deux. On lui enseigne la chimie, à cause des engrais, la botanique, la zoologie, la gestion, des choses qui plaisent à son père parce qu'il apprécie le progrès, et plus encore à sa mère, la Joséphine, parce que son gars sera l'agriculteur le plus savant du village, et pourquoi pas du canton.

Le soir même, la Ninie répond à Thérèse, et par retour elle reçoit une autre lettre qui précise la date du voyage de Claire. Le 6 juillet, elle prendra le train à Paris en début d'après-midi, et après avoir changé à Châlons et à Verdun, elle arrivera à Dun à 19 h 15. C'est par ce train, se souvient Thérèse, qu'elle remontait le soir vers Sedan, avec Marthe, Yvonne et les autres, au temps des restrictions et des contrôles.

Au moment où le train s'immobilise, Claire n'a pas à chercher pour reconnaître Léonce et Patrick. Il n'y a qu'eux sur le quai. De leur côté, ils ne peuvent pas se tromper de voyageuse, puisqu'à part elle ne descend qu'une volumineuse grand-mère qui lui a fait la causette depuis Verdun. Léonce s'avance, attrape les deux valises de Claire et les dépose sur le quai pour l'aider à descendre. Inutile. Elle a sauté du marchepied comme un cabri et la voici, souriante, familière, qui se hausse vers lui pour l'embrasser.

« Bonjour, Léonce ! »

Patrick est resté un peu en arrière. C'est elle qui va vers lui, et ils s'embrassent aussi, mais vite, sans bruit, parce qu'ils sont surpris, et lui, de plus, intimidé. Il est si grand... Elle est si jolie...

Quand les valises sont casées dans le coffre de la voiture, une belle Frégate noire, Patrick se dépêche de s'installer à l'avant. Pendant le court trajet vers Aincreville, il se tourne à plusieurs reprises vers

Claire, un peu gêné de croiser à chaque fois son regard.

La Joséphine et la Ninie sont dans la cour, impatientes, et Martin, à demi-caché derrière un chariot. Claire sort vivement de la voiture. Elle rit, heureuse, et se jette dans les bras de la Ninie pour une longue étreinte. « Comme te voilà grande ! » dit celle-ci quand elle peut enfin contempler Claire. « Et belle ! Mais qu'est-ce que j'ai tout d'un coup à pleurer, alors que je suis si contente. Faut-il que je sois bête ! »

Claire embrasse la Joséphine, puis elle cherche Martin. Il faut que sa mère l'appelle pour qu'il se découvre et s'approche, la tête baissée, embarrassé, coulant des regards par en dessous, mais laissant échapper des gloussements qui prouvent qu'il est content, lui aussi.

« Bonjour, Martin, on s'embrasse ? »

Non, il se tortille, recule, et finalement rejoint sa cachette.

« Elle doit être bien fatiguée, not' petite Parisienne, dit la Ninie. Vous aurez tout le temps de la voir tantôt, je l'emmène souper et se reposer. Patrick, tu nous portes les valises jusqu'à la maison ? »

Fatiguée, un peu, oui. Mais Claire l'oublie quand elle retrouve la maison de la Ninie, la cuisine où tous les objets sont restés les mêmes, aux mêmes places, où flotte la même odeur de légumes, la chambre fraîche malgré la saison, l'édredon juste un peu tiré vers le pied du lit.

Elles ne disent rien. La Ninie laisse Claire « se reconnaître ». Elles parleront tout à l'heure, quand elles seront assises de part et d'autre de la table, devant les assiettes fumantes.

« De la soupe de légumes, Ninie...

– Tu n'en veux pas ? Tu n'aimes plus ça ?

– Oh si ! »

Claire savoure les premières cuillerées, puis :

« Comme ils ont changé, tous ! Il n'y a que vous qui...

– Vous ? Tu ne te rappelles donc pas que tu me disais tu ?

– Il n'y a que toi qui n'as pas changé, Ninie.

– Tu crois ça... Je vais sur mes soixante et onze, tout de même... Et puis, après tout, t'as peut-être raison, changer à mon âge ça ne pourrait être qu'en pire... »

Et elle rit. Sa gaieté, et l'éclat de ses yeux, malice et tendresse, sont intacts.

Les années passées ont apporté du changement, forcément. Léonce et la Joséphine ont prospéré. L'après-guerre les a enrichis. Tout ce qu'il y a de plus honnêtement, contrairement à d'autres. Ils doivent leur aisance à leur travail et à leur confiance dans le progrès. Faut savoir aller de l'avant, aime à répéter Léonce, qui a été le premier à s'équiper d'un tracteur, d'une trayeuse électrique. Dans la cuisine de la Joséphine, il y a une machine à laver, un réfrigérateur, une cuisinière à gaz. Elle est décidément bien loin, la pauvre immigrée polonaise ! Son frère Stanislas a réussi lui aussi, en Amérique. Elle en a reçu des nouvelles après la guerre. Il vit à Philadelphie, où il a monté une affaire, un atelier de mécanique qui a pris de l'ampleur puisqu'il a maintenant cinquante personnes sous ses ordres. Du reste de la famille demeuré en Pologne, des oncles et tantes, des cousins, ne parviennent que les échos des naissances et des morts.

Léonce a été élu maire du village et, à la tête de la commune comme de son exploitation, il s'est fait une réputation d'honnêteté et de rigueur.

Martin a maintenant dix-neuf ans. Il aurait dû passer le conseil de révision cette année, mais à cause de son état il en a été dispensé.

« Comme il est grand, et gros, dit Claire. Il n'a pas voulu m'embrasser tout à l'heure.

– C'est plutôt qu'il n'a pas osé. Tu verras, il n'a pas un sou de méchanceté, mais il n'est capable de rien. »

Martin est en effet devenu un véritable colosse, aux cheveux blonds, drus, plantés bas, aux mains épaisses, à l'appétit redoutable. Il est pratiquement impossible de l'associer à un travail, parce qu'il oublie les choses aussitôt qu'elles lui ont été expliquées. Pour canaliser sa grande énergie, ses parents lui ont acheté un vélo avec lequel il sillonne les chemins tout autour du village, sans oser, heureusement, s'aventurer sur la route qui pourrait l'emmener trop loin. Personne ne se moque de lui ni ne lui joue de tours, comme c'est parfois le cas pour les malheureux de son espèce. Il doit sa tranquillité à l'estime dont jouissent ses parents. « Pauvre Martin, dit Claire, il m'a fait un peu mal au cœur, tout de même... »

La Ninie s'est levée pour aller chercher le dessert dans le garde-manger, des œufs à la neige qui ramènent le soleil dans les yeux de Claire. Elle la laisse se régaler avant de la questionner à son tour :

« Et chez vous ? La Thérèse ? Son mari ? T'entends-tu bien avec lui ? »

Oui, Claire aime bien Jojo, il est gentil, rigolo, et il ne fait pas de différence entre elle et Daniel, son vrai fils. Thérèse et lui s'adorent. Ils sont devenus propriétaires de leur café qui marche bien. Mais ils ont beaucoup de travail, tellement qu'ils n'ont pas pu l'accompagner. Thérèse l'a regretté, elle aurait bien aimé revoir tout le monde. C'est du côté des grands-parents Leroux que ça ne va guère. Ils n'ont jamais apprécié le genre de Jojo, parce qu'ils ne savent pas rire, et quand ils viennent à Bondy, une fois par an, ils passent leur temps à tout critiquer.

« Je vais t'avouer quelque chose, Ninie, moi non plus je n'aime pas quand ils viennent chez nous, et je pousse un beau ouf! quand ils repartent! Ma vraie grand-mère, c'est toi.

– Faut pas dire ça, t'as pas le droit. La famille c'est sacré. Moi j'suis... j'suis... oh! et puis on n'a pas besoin de le savoir. Reprends donc un peu de dessert, ma Clairette!

– Et Patrick, Ninie?

– T'as vu le beau gars qu'il est devenu? Tu sais, il fait le jeune homme à présent, il sort le dimanche, il va danser au *Lac vert*. Et pour un coquet il se pose là! Faut pas que le pli du pantalon soit de travers! Son oncle lui envoie des cravates d'Amérique, par ici on n'en trouve pas des comme ça. Il en a même une avec une femme en maillot de bain dessus, mais celle-là, la Joséphine ne veut pas qu'il la mette. »

La Ninie rit, comme autrefois au temps des comptines, t'en rappelles-tu Titine. Claire rit aussi, mais elle n'est plus la petite fille de ce temps-là, elle a quinze ans, et dès qu'elle a revu Patrick, elle a senti qu'elle tombait amoureuse de lui.

Thérèse avait envoyé Claire pour le mois de juillet. À la mi-août elle est toujours là, bien décidée à retourner à Bondy le plus tard possible. Elle téléphone de temps en temps à sa mère, de la cabine du village, pour demander des prolongations. « Oh encore une semaine, s'il te plaît, maman... »

Sa santé s'améliore de jour en jour. Il faut dire que la Ninie s'y emploie. Elle va jusqu'à se faire servir auprès du boucher qui passe.

« J'aime mieux le poulet, Ninie, chez nous on n'en mange pas d'aussi bon.

– Faut que tu manges aussi du bifteck, sinon t'auras toujours du sang de navet ! »

Claire a grandi de deux centimètres et pris quatre kilos ! « Si ça continue je ne pourrai plus rentrer dans mes robes ! » Elle en a toute une collection, de bien jolies petites robes, confectionnées par Thérèse qui retrouve le dimanche ses talents de couturière. Des fleurs, des petits carreaux, des couleurs tendres, des manches ballon, des cols de dentelle...

« T'es en dimanche tous les jours de la semaine, dit la Ninie. Mais t'as pas seulement un tablier dans tout ça ! On n'en met donc pas à la ville ? »

Elle n'a pas de chapeau, non plus, et ici les filles ne vont pas à la messe tête nue.

« Y vas-tu, à la messe, là-bas ?

– Non. Jojo est contre, figure-toi qu'il est devenu communiste.

– Communiste ! Oh mon Dieu, ne va surtout pas raconter ça à la Joséphine ! Les communistes, elle ne peut pas les voir, elle dit qu'ils lui font peur !

– C'est pourtant les Russes qui ont libéré la Pologne !

– Tu en sais des choses !

– C'est grâce à Jojo, il parle beaucoup de politique avec les clients, et j'aime bien les écouter. »

Et la Ninie rit, leurs conversations finissent toujours comme ça.

À la messe sans chapeau, puisque Claire veut bien la suivre, et bras nus, pourquoi pas. Aux filles du village, elle ne le pardonnerait pas, mais sa petite Parisienne a tous les droits.

Claire a montré à la Ninie son cahier de chansons. Elle y recopie les paroles de celles qui lui plaisent, et les airs elle les apprend par la radio. Elle a de la mémoire et une jolie voix. Il lui arrive de chanter dans le café, à la demande de Jojo qui est fier de son talent et veut épater la clientèle. Claire adore les chansons de Piaf, elle les connaît par cœur, elle a commencé à les apprendre à la Ninie. *L'Hymne à l'amour, La Vie en rose, Padam-Padam*. Mais il y en a d'autres aussi sur le cahier.

« Tiens, écoute celle-ci, Ninie. C'est de Tino Rossi. »

Elle se met à rouler les *r* comme lui.

« C'est le chant d'un guarrrdian de Camarrrgue, belles filles attendez son rrretourrrr...

– Je m'aperçois que tu connais surtout des chansons d'amour, ma Clairette ! Alors tu me l'apprends aussi celle-là ? »

Le dimanche, tout le monde « dîne » chez la Joséphine, et Claire se place toujours à côté de Patrick. À la fin du repas, poussée par la Ninie qui, comme Jojo, admire son talent, elle accepte de chanter sans jamais se faire prier. Elle n'est pas timide. Elle est même plutôt hardie, et malicieuse, parce qu'à certains passages des chansons elle regarde comme par hasard du côté de Patrick, ce qui n'échappe pas à la Ninie.

Quand il me prend dans ses bras,
Qu'il me parle tout bas,
Je vois la vie en rose.

C'est lui pour moi,
Moi pour lui
Dans la vie...

Patrick se concentre sur sa part de tarte, le rituel dessert du dimanche, alors que Martin charmé en oublierait presque la sienne.

Après le repas, Patrick se prépare pour aller danser au *Lac vert*, le rendez-vous de tous les jeunes du coin.

« Tu m'emmènes ?

– À quinze ans ? T'es trop jeune !

– Emmène-moi quand même !

– Comment ? T'as pas de vélo ! »

Lui en a un, magnifique, selle de cuir, guidon de course, chromes. Il ajuste le bas de son pantalon avec des pinces pour éviter qu'il se prenne dans la chaîne. Il se retourne vers Claire avant de démarrer. Dommage qu'elle n'ait que quinze ans, la petite Parisienne, parce qu'elle est drôlement mignonne...

« Ninie, pourquoi Patrick ne veut pas m'emmener ?

– Il te l'a dit, tu es trop jeune. Et qu'est-ce que tu ferais au bal ? Tu ne sais pas danser.

– Si, je sais ! Des fois, au café, un copain de Jojo joue de l'accordéon et on pousse les tables. Si tu voyais comme maman et Jojo dansent bien !

– Et toi, tu ne danses tout de même pas avec les clients du café ?

– Si, pourquoi ? »

La Ninie ne trouve rien à répondre. Claire n'a pas froid aux yeux, elle l'étonne.

Il arrive que Léonce et la Joséphine, qui vont parfois au cinéma le dimanche après-midi, proposent d'emmener Claire.

« Et toi, Ninie, tu ne viens pas ?

– Ma foi non, ça ne m'intéresse pas.

– Et Martin ?

– Il n'y comprendrait rien, le pauvre. Allez, dépêche-toi, ne les fais pas attendre. »

Un dimanche, après le cinéma, Claire a une idée.

« Je voudrais voir comment c'est *Le Lac vert*.

– On traira les vaches un peu plus tard, répond la Joséphine, on va y repasser, si ça te fait plaisir. On peut s'asseoir et prendre un verre, en bordure de la piste de danse.

– Tiens, regarde not' Patrick, là-bas ! »

La Joséphine est fière de son fils. Elle lui reconnaît le droit de s'amuser, mais lui recommande d'être sérieux. Un jour, il rencontrera une fille comme il faut, une belle paysanne solide et travailleuse, il n'en manque pas dans la région, et il se mariera, après son service militaire.

Claire l'avait vu avant elle. Il danse avec une fille qui se colle à lui, une grosse moche, pense-t-elle. Il aperçoit ses parents et Claire, qui lui fait un petit signe de la main en riant. Il paraît contrarié, s'écarte de la fille et s'arrange pour ne pas passer à proximité de leur table en dansant. Quand il les rejoint, ils se lèvent déjà pour partir.

Le lendemain, alors que Patrick est occupé à graisser le tracteur, Claire arrive près de lui.

« Dis donc, qu'est-ce qu'elle est vilaine la fille avec laquelle tu dansais hier ! Mal coiffée, mal habillée ! C'est ta poule ?

– Je ne réponds pas à une gamine curieuse, et en plus mal élevée. »

Oui, c'est sa poule, la Jacqueline, la fille d'hier. Enfin, c'était, parce qu'il a décidé de rompre. Hier il a voulu l'embrasser, et un peu plus, dans une cabine de la plage au bord du lac, et qu'est-ce qu'elle lui a dit ? Attention à mon indef, tu vas me décoiffer ! Et sous sa robe, où il essayait d'explorer, elle portait une gaine en caoutchouc, serrée, avec des jarretelles pour accrocher ses bas.

Son indef... Claire, elle, attache ses cheveux avec un élastique, c'est tellement plus joli, cette queue de cheval qui bouge au moindre de ses mouvements. Une gaine, des bas... Sous les robes courtes de Claire, on voit ses petits genoux pointus, et même ses cuisses quand elle court.

La burette d'huile glisse des mains de Patrick.

« Elle m'énerve, à la fin, cette gamine ! Pour qui elle se prend ? »

Claire se plaît au village. Elle aime s'y promener, faire connaissance avec les habitants. Elle s'arrête un moment auprès d'une vieille dame qui balaie son devant de porte, plus loin elle taille une bavette avec un bonhomme qui scie du bois pour l'hiver. Elle entre volontiers chez ceux qui l'y invitent. Elle termine sa balade par le café, qui fait aussi épicerie, cabine téléphonique et bureau de poste, tenu par la Lucie, une matrone moustachue, impressionnante mais très drôle. « La p'tite Parisienne de chez la Ninie », tout le monde ici la trouve mignonne et gentille.

Tout le monde, enfin, surtout les vieux. Claire aimerait se lier aussi avec les jeunes, mais les garçons se moquent d'elle ou l'ignorent, et les filles ne la regardent pas d'un œil engageant. Si elle en rencontre une toute seule, vite celle-ci fait demi-tour. Si elles sont plusieurs, elles se mettent à chuchoter entre elles et à ricaner.

Les grands, ceux qui ont l'âge de Patrick ou un peu

plus, font semblant de l'ignorer, mais si elle se retourne, elle les surprend à la regarder. Ou alors, s'ils l'aperçoivent de loin, ils la sifflent comme des malpolis. Les plus petits, au moins, y vont franchement :

« Parigot, tête de veau, Parisienne, tête de chienne ! »

Il ne se passe pas un jour sans qu'elle aille à la ferme, et pas seulement dans l'espoir de voir Patrick. D'ailleurs, Léonce et lui sont le plus souvent dans les champs. La Joséphine l'accueille toujours gentiment. Elle lui confie parfois quelques petits travaux, remplir les bocaux de fruits et de légumes pour les conserves, placer les œufs de la semaine dans les cartons alvéolés pour le passage du coquassier. C'est fou ce que la Joséphine peut abattre comme travail en une journée ! En revanche, quand le temps la presse, elle n'est guère causante, et Claire, qui a la langue bien pendue, ne tarde pas à s'ennuyer. Souvent, quand elle quitte la ferme, elle tombe sur Martin qui la savait là et attendait son passage, sorti pour elle de sa semi-cachette, l'ombre d'un arbre ou d'un engin. Elle le salue, lui sourit. Elle ne sait que faire de plus pour lui. Quelque chose la retient de s'approcher. D'ailleurs, après quelques grimaces de sympathie, c'est lui qui s'éloigne et retourne à sa solitude.

« Alors, te voilà, ma Clairette ? Qu'est-ce qu'elle fait la Joséphine aujourd'hui ? »

Auprès de la Ninie, Claire ne s'ennuie jamais. Elle redevient petite fille quand il s'agit de tricoter, de cuisiner ou de chanter.

Comme elle ressemble à sa mère, se dit parfois la Ninie, au hasard d'un geste ou d'une expression. Thérèse était cependant moins rieuse, faut dire qu'elle avait ses raisons. « Pourquoi tu me regardes comme ça, Ninie, par-dessus tes lunettes ? À quoi tu penses ?

– À rien, je te regarde, c'est tout. »

Et l'été passe, les jours défilent, voici la mi-septembre. Plus question de sursis, Thérèse réclame sa fille. Claire reprend demain le train pour Paris.

Il faut que je lui dise, à la Ninie, que je suis amoureuse de Patrick, pense-t-elle. Je lui dirai ce soir. Parce que auparavant...

La récolte des pommes de terre a commencé aujourd'hui. On les arrache à la charrue. C'est un travail délicat, car le soc doit ouvrir la terre au bon endroit et à la juste profondeur. Pas question d'employer le tracteur. Léonce a gardé le vieux Bijou, un cheval heureux qui se prélasse maintenant à l'écurie ou à la pâture les trois quarts du temps, quand il n'est pas prêté à des voisins pour de menues besognes. Patrick conduit le cheval, bien droit entre les sillons de pommes de terre, et Léonce tient la charrue, ce qui lui rappelle le temps pas si lointain où il labourait ainsi ses champs. Quand tout est retourné, ils vont prêter main-forte, pour le ramassage, à la Joséphine et à Martin, qu'elle a réussi à entraîner. Frotter les pommes de terre entre ses mains pour les nettoyer et les jeter dans le panier, c'est une chose qu'il peut faire sous le contrôle de sa mère.

Claire a préparé ses valises, aidée par la Ninie qui a profité d'un moment où elle se tournait vers l'armoire pour glisser une enveloppe entre deux robes pliées. Thérèse cachait du beurre, ou des œufs, ou du lard dans ses affaires. C'est un beau billet que la petite trouvera demain soir, en déballant les siennes.

« Ninie, puisque tout est rangé, je vais les rejoindre aux pommes de terre, et je reviendrai avec eux. »

Elle les a vus partir, tous dans le tombereau où ils avaient hissé aussi la charrue, sauf Patrick qui a pris son vélo. Quand elle arrive, le travail est presque terminé. La Joséphine et Patrick sont en train de lier les sacs pleins avec de la ficelle, et Léonce, aidé de Martin, les charge dans le tombereau.

« Tiens, dit-il en riant, quand il aperçoit Claire, voilà l'inspectrice des travaux finis ! »

Pendant qu'ils terminent le chargement et rassemblent les paniers, Claire caresse le Bijou et s'amuse à tresser sa crinière, en coulant des regards vers Patrick. Quel beau garçon ! Un peu plus grand que son père déjà, mince, mais solide et musclé. Toujours soigné, bien habillé même pour travailler : aujourd'hui pantalon de toile beige et polo rouge, et superbement coiffé, brosse longue et nuque basse. Je l'aime… murmure-t-elle, sa joue contre le museau de velours du cheval.

« On va retourner à pied, dit Léonce, le tombereau est assez lourd comme ça.

– Je me suis tordu la cheville sur un caillou, dit Claire, ça me fait mal pour marcher. Patrick, tu me prends sur ton vélo ?

– C'est un vélo de course, y a pas de porte-bagages, papa va te monter sur le cheval.

– Non, il est tout en sueur, je salirais ma robe. »

La Joséphine intervient.

« Tu peux bien lui faire plaisir puisqu'elle s'en va demain. Prends-la sur le cadre, c'est pas pour ce qu'elle pèse ! »

Claire rit, attrape à deux mains le guidon du vélo et hop ! d'un bon de côté, la voilà assise sur le cadre. Patrick est obligé de se pencher à la frôler pour poser à son tour ses mains sur le guidon.

Le chemin n'est pas long, du champ de pommes de terre à la ferme. Aussi Claire ne perd-elle pas de temps.

« C'est pas vrai que je me suis tordu la cheville !

– Je m'en doutais. T'es menteuse, en plus.

– En plus de quoi ? »

Elle rit encore. Ses boucles effleurent le visage de

Patrick. Elle se recule un peu, comme pour assurer son équilibre. Il ne cherche pas à éviter le contact. Quand ils sont hors de vue de Léonce et de la Joséphine, il ralentit pour faire durer le plaisir de la sentir contre lui. Elle a gagné. Elle laisse aller sa tête contre l'épaule du garçon. Elle porte une robe rose largement échancrée. Patrick risque un œil dans le décolleté et aperçoit deux petits seins tout pointus et libres.

Il pense à la Jacqueline, qu'il a plaquée, et à celles qui l'ont remplacée au cours de l'été, la Josette, la Christiane, sa dernière conquête, celle qu'il a emmenée dimanche derrière les arbres, au bout du lac, pour l'embrasser. Encore une qui a fait des manières et qui était bardée comme un soldat... Si seulement Claire avait deux ans de plus...

Ils sont maintenant joue contre joue. Elle sent bon, une odeur que Patrick reconnaît. C'est celle de l'eau de Cologne à la bergamote. Quand il était petit et qu'il rejoignait la Ninie chez elle le dimanche matin, pour qu'elle l'emmène à la messe, il respirait cette odeur sur elle et lui disait : « J'en veux aussi, moi, du " sent-bon " ! »

Quand ils arrivent chez la Ninie, Patrick met pied à terre. Claire saute de la bicyclette, et vite, pendant qu'elle est encore tout près de lui, elle lui tend son visage. « Embrasse-moi. »

Il ne résiste pas. Un baiser sur les lèvres, rapide, juste un peu appuyé. Et vite, il fonce vers la ferme sans se retourner, pendant que Claire exécute quelques cabrioles avant de bondir dans la maison.

« Ninie ! Ninie ! Tu es où ?

– Ici, dans ta chambre, monte ! »

Ils n'ont pas pensé à elle quand ils se sont embrassés. De la fenêtre elle les a vus. Elle s'est reculée précipitamment en portant ses mains à son cœur. Jésus Marie Joseph !

Claire lui saute au cou, l'embrasse, l'entraîne dans un pas de valse sur un air de Piaf, padam ! padam ! padam ! le tout en riant aux éclats.

« Te voilà bien joyeuse, tu es donc si contente que ça de me quitter demain ?

– Oh non, ma Ninie, c'est pas ça !

– C'est quoi alors ?

– Quelque chose que je te dirai ce soir, promis juré ! »

Et hop ! elle redescend comme elle était montée, quatre à quatre, aussi rapide et légère qu'un oiseau.

Quand Claire était une petite fille, la Ninie la bordait tous les soirs dans le grand lit à l'édredon rouge. Une habitude qu'elle a reprise, même si la gamine a grandi. Ce soir elle est fébrilement attendue.

« Ninie ! Je suis amoureuse de Patrick ! Et lui aussi, il m'aime ! On s'est embrassés sur la bouche !

– Ah... »

La Ninie prend le temps de s'asseoir, pas sur le bord du lit, qui est trop haut, sur la chaise placée exprès à côté. Elle n'est pas étonnée, puisqu'elle a été témoin du fameux baiser. À vrai dire, elle s'y attendait un peu. Mais pas maintenant, plus tard, l'année prochaine, ou la suivante, puisqu'il est convenu que Claire reviendra régulièrement. Son ah ! ce qu'il veut dire, c'est : déjà !

La confiance de Claire la touche. Elle pense à Thérèse qui lui avait fait des confidences, elle aussi, et cela dès le premier jour. Faute avouée... pense-t-elle. Mais est-ce une faute de tomber amoureuse, même si c'est un peu trop tôt ? Surtout si le garçon est aussi bien fait que Patrick, et la fille aussi jolie que Claire. Voyons... ne pas gronder la gamine, se moquer d'elle encore bien moins. La mettre en garde plutôt, puisqu'elle est du genre tenace et déluré, contre les risques d'entamer une histoire d'amour à quinze ans, et d'y croire dur comme fer pour un baiser.

Elle sourit à Claire, qui attend sereinement l'effet de sa révélation.

« Ninie ! Patrick et moi on se mariera dans quelques années !

– Oh ! attends un peu, tu vas bien vite, il peut s'en passer des choses d'ici là !

– Tu n'y crois pas ? Tu penses que ça n'arrivera pas ?

– Peut-être que si, ça arrivera, mais si tu veux bien m'écouter, je m'en vais quand même te dire deux ou trois choses que tu dois savoir. Tu n'as que quinze ans, ma Clairette, et not' Patrick dix-huit, ça veut dire que vous n'avez pas encore l'âge d'entrer pour de bon dans la vie, par contre, vous avez encore celui où on change souvent d'avis. Tu t'en vas demain, tu vois beaucoup de monde là-bas en ville, tu croiseras d'autres garçons, et lui de son côté d'autres filles.

– Peut-être, Ninie, mais quand je reviendrai l'été prochain je suis sûre que ce sera comme aujourd'hui, qu'on s'aimera encore.

– Il aura une année de plus, il sera presque un homme. Et comme tu seras encore plus jolie, il ne se contentera sans doute plus d'un baiser. Toi qui sais tant de choses, je suis sûre que tu comprends ce que je veux dire. Et cette chose-là, à laquelle on pense, toi et moi, si c'est souvent le garçon qui la veut en premier, c'est toujours la fille qui en supporte les conséquences. On est à la campagne ici, tu sais comment on dit ? Le coq fait le beau, la poule fait l'œuf... Tu me comprends ?

– Tu dis ça à cause de maman, hein ? Je sais que j'ai été fabriquée un peu trop tôt, mais c'était la guerre, c'est à cause de ça que papa ne l'a pas épousée.

– Oui, je pense à ta mère, et aussi à d'autres à qui c'est arrivé et qui ont payé bien cher un péché de jeunesse.

– Pourquoi voudrais-tu que ça nous arrive ? On ne peut pas s'aimer sans vouloir aussitôt ce que tu penses ?

– Je crois que c'est bien difficile...

– Eh bien, si ça arrive, on se mariera et voilà tout !

– Et not' Léonce ? Et la Joséphine ? Tu crois qu'ils seraient contents, eux ?

– Pourquoi pas ? Ils m'aiment bien, non ?

– C'est vrai. Mais tu sais que Patrick veut reprendre la ferme, alors c'est une paysanne qu'il lui faudra pour femme. T'aimerais devenir une paysanne ? Traire ? Soigner les cochons ? Travailler dur comme la Joséphine ? C'est pas ça que tu apprends dans ton école !

– Mais un homme et une femme ne sont pas forcés de faire le même métier !

– Non, mais c'est mieux. Regarde ta mère et son Jojo. Tu crois que le café marcherait aussi bien si elle n'était pas avec lui ? Ça encourage un homme, une femme qui travaille à ses côtés, ça lui donne envie de réussir encore mieux. Et dans une ferme, crois-moi, c'est encore plus vrai qu'ailleurs. La Joséphine t'aime bien, et not' Léonce aussi, mais ils feraient une drôle de tête si le Patrick parlait de t'épouser !

– Mais toi, Ninie, tu nous soutiendrais ?

– Oh ! moi, ça me ferait plaisir, bien sûr, mais je ne sais pas si mon avis compterait pour beaucoup ! Allez, on a assez parlé maintenant. Tu te rends compte de ce qu'on est en train de dire à partir d'un p'tit baiser ? Tu voyages demain, faut dormir. Te tracasse pas, va, ma Clairette, laisse faire le temps, y a quand même des fois où c'est lui qui a raison. »

La Ninie repousse sa chaise, borde Claire, l'embrasse. Quand elle s'apprête à quitter la pièce, une petite voix la rappelle.

« Ninie !

– Oui ?

– Je te dirai tout. Toujours. Promis juré. »

Un p'tit baiser... le dernier jour... Pas une promesse, ni un au-revoir, ni même un regard ensuite.

Le lendemain, quand après de grandes embrassades Claire est montée dans la Frégate de Léonce qui l'emmenait directement à Verdun, Patrick n'était pas là. Parti de bon matin, à vélo, chez un copain, pour préparer avec lui la rentrée toute proche. L'année prochaine, si tout va bien, ils seront de véritables techniciens, les premiers agriculteurs diplômés du canton !

Claire est partie souriante. Contente de revoir sa famille. Assurée de revenir l'été suivant. Et forte de ce petit baiser, volé certes, mais partagé.

3

Quand elle revient, l'été d'après, il n'est pas oublié. La Ninie comprend au premier instant que la fille est pincée pour de bon, et le garçon aussi.

Il y a pourtant d'autres sujets d'émotion et de surprise ce jour-là, puisque Claire n'est pas venue par le train, mais en voiture, avec Jojo et Thérèse, qui ont exceptionnellement fermé leur café ; dans la foulée ils emmènent Daniel en colonie de vacances dans l'Yonne. Mais avant même les bonjours et les présentations, la Ninie sait à quoi s'en tenir. Il va falloir veiller au grain.

« Vous voilà donc, ma petite Thérèse... depuis le temps... » Encore jeune, toujours jolie, mais différente, moins timide, moins naturelle, Thérèse a les cheveux teints en acajou et relevés en un chignon savant sur le sommet de la tête, du rouge aux lèvres et aux ongles, une robe légère, largement décolletée, un collier, des boucles d'oreilles, des escarpins à hauts talons. Elle présente son Jojo, pantalon clair, chemisette ouverte, crans gominés, petite moustache et rouflaquettes, la poignée de main énergique, le ton jovial. Daniel, un gamin déluré, se lance immédiatement à la poursuite de la basse-cour.

La Joséphine a préparé un solide repas pour tout le monde. Jojo est le plus bavard à table, intarissable sur la politique, le commerce, les bagnoles, alors qu'au bout de la table Daniel affole Martin par toutes sortes de grimaces.

« On a beau dire ce qu'on veut, je ne dis pas ça pour la petite, mais les Parisiens c'est pas des gens comme nous autres », commente après leur départ la Joséphine, pour la Ninie qui l'aide à la vaisselle. La Ninie qui, tout à l'heure en desservant un plat, a vu la main de Claire dans celle de Patrick sous la table, et qui les regarde maintenant tous les deux, par la porte grande ouverte, se diriger vers sa maison pour y porter les valises, et sans doute aussi pour autre chose.

Je te dirai tout, Ninie, toujours...

Dès le premier soir, Claire tient sa promesse. La Ninie apprend son bonheur de retrouver Patrick. Le baiser, un vrai de vrai celui-là, bien long, sur la bouche, qu'ils ont échangé dans sa cuisine quand elle était encore chez la Joséphine. Les explications qu'elle a demandées à sa mère cet hiver sur les problèmes de règles, de fécondité, de précautions, sans lui dire pourquoi, comme ça, pour savoir. Parce qu'elle a réfléchi aux paroles de la Ninie et qu'elle pense que ce sera difficile de résister, en effet. Elle raconte qu'elle s'est laissé embrasser par un autre garçon, un soir au cinéma à Bondy, pour voir si ce serait comme avec Patrick, non, ce n'était pas pareil, écœurant. Qu'une fois, au café, un client, un vieux d'au moins trente ans, ou plus, l'a entraînée dans l'arrière-salle et a voulu l'embrasser, et la toucher, aux seins et dans la culotte, et qu'elle a eu peur.

« Tout ce qui concerne l'amour, Ninie, les baisers, et le reste, j'ai envie de le découvrir, mais seulement avec Patrick. C'est lui que j'aime, pour de bon. Qu'est-ce que tu penses de tout ça, ma Ninie ? »

Ce qu'elle en pense ? Que sa Clairette est bien précoce, tout de même. Qu'elle a une drôle de façon de parler de ces affaires-là, comme de n'importe quoi d'autre. Mais que finalement c'est sûrement mieux que de faire des mystères et des cachotteries, et qu'au moins, s'il arrivait quelque chose, elle le saurait à temps.

Toute vieille qu'elle est, la Ninie n'est pas choquée. Quand Claire avait cinq ans, elle redevenait petite fille avec elle, pour chanter et réciter des comptines. Aujourd'hui, elle retrouve grâce à elle les émois de ses amours naissantes, avec son Ferdinand qui lui aussi a été le premier, et le seul. Ils n'avaient pas l'âge de ces deux-là, loin s'en faut, mais les temps ont changé, voilà tout.

« Ce que j'en pense, ma Clairette, c'est que vous êtes bien mignons tous les deux, mais qu'il faut que vous soyez patients, et prudents, surtout bien prudents, parce que si c'est pour du sérieux, il faudra compter avec la Joséphine. Ce serait dommage de gâcher tout en voulant aller trop vite. »

La Joséphine, à qui pourtant on n'en conte pas facilement, cet été-là n'y verra que du bleu. Jamais il ne lui viendrait à l'idée que son Patrick puisse considérer autrement que comme une petite sœur, ou une cousine, cette Claire qu'on a vue arriver ici haute comme trois pommes. A-t-elle seulement remarqué que sa poitrine qu'on devinait à peine, l'année dernière, pointe maintenant hardiment sous ses robes, que sa silhouette n'est plus celle d'une enfant ?

Elle sait que Patrick s'intéresse aux filles quand il sort. Et même qu'il est devenu un homme pour de bon. Avec la Jacqueline Poinsard, de Cléry. Elle l'a appris par la mère de la fille, rencontrée au marché à Dun. La Jacqueline a eu une frousse, une de ces frousses que connaissent celles qui se conduisent mal et, cuisinée par sa mère, elle a avoué avoir cédé au beau Patrick Thiébaut. Elle en a été quitte pour la peur, la nature ayant heureusement arrangé la chose. La mère Poinsard a conseillé à la Joséphine de « surveiller un peu son coq ». Elle s'est contentée de le sermonner et de lui recommander la prudence. Elle n'est pas mal, la Jacqueline Poinsard, fille de paysans aisés, bien bâtie, solide, mais pas question de mariage, forcé ou non, avant le service militaire ! Elle a conclu par un conseil emprunté à la sagesse de Léonce : « Tu sais ce que dit ton père ? On bat dans la grange et on vanne dehors ! »

Patrick a en effet renoué avec la Jacqueline, et cela dès l'automne dernier, peu de temps après le départ de Claire. Il voulait savoir ce qu'il en était du trouble ressenti auprès de la petite Parisienne. La Jacqueline s'étant révélée la moins farouche de ses connaissances, il avait des chances avec elle d'entrer dans le clan de ceux qui ont déjà « fait ». Alors un soir de bal, il l'a sortie, et dans une grange, sur la paille, il est venu à bout de ses jarretelles et autres élastiques, et ils ont « fait ». Ils ont recommencé, trois ou quatre fois au cours de l'hiver, jusqu'à ce que la mère Poinsard y mette le holà en enfermant sa fille. Chaque fois, Patrick a pensé à Claire. À son rire, à la caresse de ses cheveux dorés, à ses cuisses fines, à ses petits seins pointus.

En plus, il y a une chose que la Joséphine ignore. Avec quelques copains de l'école d'agriculture, Patrick est allé un soir, à Bar-le-Duc, dans un bar un peu spécial, où on peut monter avec des femmes. Et il est monté. Mais là non plus, malgré la science de son initiatrice, il n'a pas réussi à chasser l'image de Claire. Claire, elle n'est pas comme les autres. Il l'aime. Il brûle d'envie de faire l'amour avec elle, qui ne demande pas mieux. Mais si ses parents l'apprenaient, quelle histoire ! Une fille de seize ans ! Une Parisienne ! La gamine de la Ninie !

Non seulement la Joséphine ne soupçonne rien, mais la voilà qui pousse à la roue ! « Tu vas au *Lac vert* ? Emmène-la donc ! Et si t'étais gentil, tu lui apprendrais à danser au lieu de t'occuper des autres. »

Emmener Claire au *Lac vert* ? Danser avec elle devant ses copains éblouis et ses copines vertes de jalousie ? Bien sûr qu'il y pense, mais jusqu'à présent il n'a pas osé. Peur de se trahir, d'être dénoncé par une quelconque commère. Peur surtout de ne pas pouvoir résister au charme et à l'audace de Claire et de précipiter les choses, au risque de tout gâcher.

Il se sent un peu gêné devant sa mère qui insiste :

« T'as même plus l'excuse du porte-bagages, à présent ! »

Ça non. Pour le récompenser de son diplôme obtenu avec les félicitations des examinateurs, Léonce et la Joséphine ont acheté un scooter à leur fils. La voiture, ce sera après le service, comme le mariage. Une Vespa, ce n'est déjà pas si mal, et la cote de Patrick auprès des filles du canton en a été encore rehaussée.

Le beau vélo chromé est devenu la propriété de Martin qui se hasarde maintenant sur la route, mais pas plus loin que le cimetière, aussi fier à vingt et un ans que s'il en avait dix !

« Claire, hein que tu veux aller danser, toi aussi ? »

Elle grimpe en amazone sur le tan-sad du scooter et entoure la taille du garçon de ses bras. Quand ils sont hors de vue de la ferme, elle se serre contre lui en murmurant : « Je t'aime. »

« Faut bien qu'elle s'amuse un peu, dit la Joséphine à la Ninie venue assister au départ, elle ne risque rien, not' Patrick la surveillera. »

La Ninie ne répond pas, elle retourne chez elle en hochant la tête.

Claire sait danser. Elle est si légère que Patrick ne la sent pas dans ses bras, sauf quand il a envie de la serrer un peu. Elle lève alors vers lui des yeux brillants qui l'affolent. Elle est naturelle et drôle. Elle tutoie d'emblée les copains de Patrick. Elle ignore que les filles ne doivent pas inviter les garçons, sous peine d'être mal jugées, elle danse avec eux tous, sans se soucier de sa jupe qui vole quand elle tourne. Et quand elle revient s'asseoir, elle envoie à son « chéri » un petit baiser du bout des lèvres, avant de boire le diabolo-menthe qu'il lui a commandé.

Là-bas, à l'autre bout de la salle, Jacqueline, autorisée depuis peu à sortir de nouveau, et quelques autres, jouent les indifférentes pour cacher leur jalousie envers la Parisienne qu'elles aimeraient bien imiter.

Il suffira, un dimanche, d'une danse du balai pour mêler tous les danseurs et réunir les deux groupes. Claire deviendra une copine pour ces jeunes campagnardes un peu gauches, vivant en pleine nature et cependant si peu naturelles. Elle leur apprendra que les gaines rendent leurs muscles paresseux et leur feront le ventre plus rond que plat. Que les permanentes à chaud et les bigoudis enroulés serré dessèchent les cheveux et les rendent cassants. Qu'il existe des serviettes hygiéniques qui se jettent après l'emploi. Qu'il y a des jours où on peut faire l'amour sans risque et d'autres où c'est dangereux. Que les garçons peuvent mettre des capotes, mais que, paraît-il, ils n'aiment pas beaucoup ça.

Sur la route du retour, entre Dun et Aincreville, il y a un petit bois accessible par un sentier. Patrick met le scooter sur la béquille et offre à Claire ce qu'il s'autorise, au prix d'une grande volonté. Des baisers, des caresses. Ses mains apprennent à prendre la mesure des petits seins si fermes, descendent et vont effleurer sous la jupe le tissu soyeux de la petite culotte. Claire ne rit plus, elle respire vite et, parfois même, gémit. Le garçon se colle à elle. Elle sent son désir. Ils se séparent, un peu haletants. Un jour, ils iront plus loin. Bientôt.

« Tu t'es bien amusée, ma Clairette ? Tu as bien dansé ?

– Oui, Ninie. Et rassure-toi, nous n'avons pas fait de bêtise. Enfin pas encore... Mais ne fais pas cette tête-là, ma Ninie, c'est beau l'amour, non ? »

Patrick a de la volonté et, heureusement, aussi des stages. Pour parachever sa formation, il doit en effectuer plusieurs au cours de l'été, ce qui l'éloigne régulièrement de la ferme paternelle. Et de Claire, qui sait si bien lui faire comprendre que lorsqu'il sera décidé, elle sera consentante. Elle ne perd pas sa gaieté quand il est absent. Elle sait qu'il pense à elle et que les vacances ne se termineront pas « sans ».

Elle est comme d'habitude, comme l'année dernière, avec juste en plus cette certitude qui la rend encore plus jolie, et le regard mi-attendri mi-inquiet de la Ninie.

Elle essaie d'apprivoiser Martin. Capable de passer une heure assise sur le banc de la cour, lisant d'un œil, guettant de l'autre le coin de la grange où il finit par apparaître. Elle ne dit rien, elle se contente de lui sourire et fait mine de se replonger dans sa lecture. Un jour, Martin se retrouve assis sur le même banc qu'elle, tout au bout. Un autre jour, il dit son nom : Claire. Et un autre encore, il lui fait toute une conversation :

« Vélo ! le beau vélo ! à moi ! vite, vite, le vélo ! »

Ses mains reproduisent le mouvement des pédales. Elle rit. Lui aussi. Et tout d'un coup, il se lève et s'enfuit en courant.

Claire n'a plus du tout peur de Martin. Elle l'aime bien.

« Où étais-tu donc, ma Clairette ? Je t'ai appelée pour m'aider à éplucher les petits pois, la Joséphine veut faire ses conserves demain. Oh ! mais toi... »

Claire se laisse tomber sur les genoux de la Ninie, l'étreint, enfouit son visage au creux de son cou. La Ninie la sent toute tendre, toute molle.

« Ninie... si tu savais...

– Ne me dis rien, va, j'ai compris. »

Claire était allée jusqu'au café pour poster la lettre qu'elle venait d'écrire à sa famille. Elle s'est attardée un moment pour bavarder avec la Lucie sur le pas de la porte. Elles ont vu passer la Frégate, et Léonce a donné un petit coup de klaxon pour les saluer. À côté de lui, il y avait la Joséphine et à l'arrière Martin. Claire savait par la Ninie que c'était le jour de sa visite annuelle au professeur de Verdun qui le suit. Elle a immédiatement pensé : Patrick est seul. Elle a encore échangé quelques mots avec la Lucie, puis elle est partie vers la ferme, légère et gracieuse.

Patrick était dans le hangar, occupé à vérifier la moissonneuse qui ne servira plus cette année. Elle est allée vers lui, a noué ses bras autour de son cou et lui a dit simplement :

« Je m'en vais bientôt. S'il te plaît, Patrick... »

Il a dénoué ses bras, lui a pris la main et l'a entraînée vers l'étable au fond de laquelle une échelle conduit au sineau, et là-haut, sous le toit, elle s'est donnée à lui dans le foin tiède et parfumé.

« Ninie, c'était comment la première fois que tu as fait l'amour ? C'était où ? Avec qui ?

– Avec mon Ferdinand parbleu, y en a jamais eu d'autre !

– Et alors ?

– Alors quoi ? C'est pas des choses qui se racontent. J'en ai jamais rien dit à personne, même pas à ma mère, surtout pas à elle. Et pourtant j'étais plus une gamine, puisque j'avais trente ans. Elle croyait, la pauvre, qu'on attendrait sagement le soir de notre mariage pour faire ça. Mais on n'a pas attendu, te v'là bien la seule à le savoir.

– Ninie ?

– Quoi encore ?

– Il paraît que la première fois ça fait mal, mais moi j'étais si contente que...

– Tais-toi, ma Clairette, n'en parlons plus, puisque c'est fait. Mais, maintenant, il est grand temps que tu t'en retournes à Bondy, sinon, y en aurait du mauvais sang à se faire... »

C'est une petite fiancée courageuse et résolue qui reprend le train à la fin du mois d'août. Elle a la certitude qu'elle épousera Patrick, mais il leur faudra savoir attendre d'abord, et le moment venu manœuvrer adroitement pour obtenir le consentement de Léonce et de la Joséphine.

La Ninie a accepté de servir de relais pour le courrier entre les amoureux, ce qui lui vaudra de nombreux commentaires du facteur sur l'épaisseur des lettres. « Qu'est-ce qu'elle peut bien vous raconter tant que ça, votre petite pensionnaire, de quoi vous donner mal à la tête ! »

Patrick, surpris d'abord de la savoir au courant de ses amours, va découvrir avec bonheur une Ninie qu'il ne soupçonnait pas. Il la savait gentille, très attachée à Claire, mais pas au point d'imaginer une telle largeur d'esprit et une telle complicité entre elles deux !

Au cours de l'hiver, quand il est possible de se passer de lui à la ferme, Claire suggère à Thérèse et à Jojo de recevoir Patrick pour une semaine. Non seulement l'initiative ne met pas le moins du monde la puce à l'oreille de la Joséphine, mais elle y voit une bonne manière de la part de ces Parisiens qui l'avaient un peu affolée au début de l'été.

Patrick ne part pas les mains vides, protestant même contre la surcharge de ses valises en poulets, saucissons et eau-de-vie de mirabelle, au détriment des vêtements qu'il voulait emporter pour être digne de Paris et de sa belle.

Les pauvres tourtereaux ne se retrouvent jamais seuls. Claire va à ses cours de secrétariat. Quand elle rentre, Jojo a accaparé Patrick, l'associant à ses discussions avec les clients, l'emmenant un soir au football, un autre soir à une réunion de cellule où le garçon entend chanter les louanges du collectivisme rural. Quelque chose à ne pas raconter aux parents... L'appartement au-dessus du café est étroit, Patrick est logé dans la chambre de Daniel, le moindre bruit, les moindres faits et gestes de chacun sont connus de tous.

Un après-midi, Patrick annonce son intention de se promener en ville. Claire sèche ses cours. Ils prennent le métro pour Paris. Ils marchent enlacés dans les rues, s'embrassent sur un banc public, mais n'ont pas l'idée de prendre une chambre d'hôtel. Ils parlent de l'été prochain, du petit bois, se promettent mille bonheurs. Claire pense à envoyer à la Ninie une carte postale avec la tour Eiffel, signée de leurs deux prénoms.

Un mois environ après son séjour à Bondy, Patrick vient voir la Ninie chez elle, un soir. Il parle d'abord du temps, de ce qu'il a fait au cours de la journée, puis :

« Ninie, j'ai quelque chose à te dire...

– Ah ! toi aussi ! Eh bien ! vas-y, mon garçon, je t'écoute. Je suppose qu'il est question de not' petite Claire...

– Oui... non... enfin si... »

Il lui avoue être revenu de Bondy un peu malheureux, parce que Claire et lui n'ont pas pu...

« Pas pu... enfin tu comprends, Ninie... »

Il dit ensuite qu'il est sûr et certain d'aimer Claire. Et pourtant il a fait une chose dégueulasse. Il a couché avec une autre fille. Pas une de par ici, quand même, qui pourrait s'en vanter. Une du côté de Bar, qui lui courait après quand il était en stage chez son père, et qu'il a revue la semaine dernière, quand il est retourné là-bas, en visite.

« J'ai pas pu résister... C'est grave, hein, Ninie ?

– Je dirais plutôt que c'est naturel, parce que tu es jeune et que tu as le sang chaud. Et comme tu es joli garçon, les filles te tournent autour. Ce qui fait que tu risques de recommencer. Ce serait grave, oui, si entre Claire et toi c'était du sérieux, si vous étiez fiancés.

– C'est tout comme, Ninie, c'est avec elle que je me marierai.

– Alors, dans ce cas-là, je vais te dire deux choses. D'une, ne dis pas à la petite ce que tu as fait, parce qu'elle aurait de la peine. Et de deux, si elle revient l'été prochain, comme c'est probable, faudra voir à mettre les choses au clair avec vos parents. Du côté de Thérèse et de son Jojo, y a rien à craindre, mais ton père, et surtout ta mère, vont jeter les hauts cris. Ta Claire, tu le sais bien, n'est pas taillée pour faire une paysanne.

– Tu m'aideras à les convaincre, Ninie, tu parleras pour nous. Je t'en prie, promets-le-moi !

– Je ferai ce que je pourrai... »

Voilà donc la Ninie tenue par une promesse. Et bientôt par une deuxième. Un jour, lui arrive une lettre destinée à elle seule. Claire, qui ne doute pas de réussir à son examen de secrétariat en juin, lui fait part de son intention de chercher du travail, non pas dans la région parisienne, mais à la campagne, dans la Meuse, le plus près possible d'Aincreville. Elle assure que Thérèse et Jojo la comprennent et sont d'accord. Elle demande à la Ninie de se renseigner sur une éventuelle place, au bureau de la fromagerie de Cléry, par exemple, ou chez le notaire, ou à la coopérative agricole. Elle connaît le bouche à oreille campagnard, maintenant. Demande au boulanger, au boucher, au facteur, ils savent tout ce qui se passe dans le canton, écrit-elle. Et elle continue : J'habiterai chez toi, si tu veux bien, je te payerai une pension, maman y tient et moi aussi. Ainsi, je serai toujours auprès de toi, et pas seulement pendant les vacances, je veillerai sur toi, je te gâterai. Elle est sincère, mais comme il y a une autre raison à ce projet, une raison que la Ninie aura deviné dès le début de la lettre, elle se doit de l'aborder. Ce qu'elle fait à sa manière, légère et tendre : Si tu me déniches quelque chose, ma Ninie, tu feras trois heureux. Alors tu me promets de chercher ?

Ces amoureux, tout de même... murmure la Ninie en reposant la lettre, souriant déjà à l'idée de la chambre du haut devenant la chambre de Claire pour de bon.

À la fin du printemps et au début de l'été 1956, les événements s'accélèrent, jusqu'à ce soir de juillet où Patrick et Claire n'ont plus d'autre choix que de révéler leur amour à Léonce et Joséphine.

En avril, tout d'abord, un mariage au village va créer un précédent. Le fils aîné des Morel, Bernard, un garçon réfléchi, sérieux, agriculteur dans l'âme, épouse une institutrice. Une fille du Midi, exilée pour cause de surnombre d'enseignants dans sa région et de pénurie en Meuse. Une petite brune débarquée à la dernière rentrée à l'école d'Aincreville, avec sa 2 CV et son accent ensoleillé, pour remplacer Mme Jacques qui prenait sa retraite. Les enfants l'adoptent d'emblée, et tout le village reconnaît vite ses qualités, son instruction, son dévouement, sa gentillesse. Mais une maîtresse d'école pour le Bernard Morel ! C'est d'une paysanne qu'il avait besoin pour le seconder à la ferme familiale.

Incompréhension, stupeur de la Joséphine devant le consentement immédiat des Morel.

« Les pauvres, ils ne se rendent pas compte qu'ils vont être les dindons de l'affaire ! Il va falloir qu'ils continuent à travailler comme avant. La Marguerite va devenir la bonne de sa bru ! »

Patrick prend la défense de Bernard, explique à ses parents que celui-ci a l'intention de modifier l'exploitation, de privilégier la culture des céréales, de remplacer son troupeau de laitières par des bêtes à viande. Il ne révèle cependant pas qu'il a des projets semblables.

La Joséphine s'étonne, va jusqu'à s'inquiéter. « T'aurais pas une idée derrière la tête, toi aussi, des fois ? »

Elle sait que la brunette de Bernard n'est pas un cas unique, qu'il est monté du Midi tout un contingent de jolies petites institutrices.

Patrick ne dit rien de son idée à lui, sa blondinette, sa Parisienne. Mais il revient à plusieurs reprises, avec son père, sur l'évolution des techniques et des méthodes qui libèrent les femmes et soulagent un peu les hommes dans les fermes. Léonce, ma foi, l'écoute avec intérêt.

Quelques semaines plus tard, stupeur encore, lorsqu'une triste nouvelle, cette fois, secoue le village. On apprend que l'Alain Houdard, trente ans, lieutenant dans l'armée, a été tué au cours d'une opération en Algérie. Au-delà de la compassion pour ses parents, anéantis par le drame, s'insinue l'idée du danger qui guette maintenant tous les jeunes hommes. N'est-il pas question, en effet, d'envoyer là-bas les appelés en renfort ?

Patrick a bien évidemment été reconnu apte au service et, comme il a vingt ans, il doit être incorporé dans l'année. On dit que certains vont faire des pieds et des mains pour ne pas partir en Algérie, qu'avec l'appui du conseiller général, peut-être, ou du député...

Léonce, et davantage encore la Joséphine, n'ont que mépris pour ceux qui tentent d'échapper à leur devoir. Si Patrick est appelé ailleurs qu'en Algérie, il ne le devra qu'à la chance.

Dans le courant du mois de juin, la Ninie apprend par le facteur (elle avait raison, la Clairette !) que Maître Lirot, le notaire de Dun, est à la recherche d'une jeune secrétaire pour seconder son vieil employé aux écritures qui commence à perdre un peu les pédales. Elle se fait emmener à Dun par Patrick, à qui Léonce confie la Frégate quand ce n'est pas pour de l'amusement, et sait si bien vanter les mérites de sa petite protégée que Maître Lirot lui promet la place pour le début de juillet, à condition bien sûr qu'elle décroche son diplôme.

Patrick et la Ninie sont si contents qu'ils ne peuvent pas attendre. C'est un jeudi après-midi, Claire n'est pas en cours. Ils vont à la poste pour téléphoner à Bondy, tombent sur Jojo qui a mille choses à raconter à Patrick avant de lui passer enfin Claire. La Ninie l'entend exploser de joie, puis quand les voix se font plus douces, elle repose l'écouteur et sort discrètement de la cabine. Elle n'a pas besoin d'entendre ce qu'ils se disent ensuite.

Le 25 juin, Claire découvre son nom écrit en premier dans la liste des reçues au CAP de secrétariat. Le soir, Jojo débouche une bouteille de champagne, et Thérèse lui donne vingt mille francs pour l'achat d'un vélomoteur. Le 28, ils l'amènent à Aincreville, le coffre de leur 403 bourré de ses affaires et de douceurs pour la Ninie. Le 1er juillet, elle entre à l'étude de Maître Lirot. Heureuse d'être arrivée à ses fins. Fière de l'argent qu'elle va gagner, pour payer sa pension, de force s'il le faut, à la Ninie. Confiante dans l'avenir.

Le vélomoteur de Claire peine un peu dans la côte, alors, pour aller plus vite, elle l'aide par de vigoureux coups de pédales, chacun accompagné du prénom si doux à prononcer : Patrick ! Patrick ! Si elle pouvait voler !

Elle n'a pas pu penser à lui de tout l'après-midi, absorbée par son travail. L'étude de Maître Lirot est vieillotte, les clients souvent grincheux, la paperasse compliquée, mais rien ne la rebute ni ne la décourage, parce qu'elle a le soleil au cœur.

« Vous portez bien votre prénom, vous, lui dit souvent Maître Lirot en désignant d'un clin d'œil le père Marchal penché sur ses dossiers, il fait plus clair ici depuis votre arrivée ! »

La vivacité d'esprit et la bonne humeur de sa petite employée, en plus de sa jolie figure, ont eu vite fait de le séduire.

Patrick. Elle ne fera peut-être que l'apercevoir entre deux charrois de gerbes, comme tous ces jours de moisson où aucune minute ne doit se perdre du petit matin jusqu'à la nuit. Qu'importe, il est facile de patienter quand la récompense est certaine.

Il y a les soirs où Patrick vient leur faire la causette, à elle et à la Ninie ; quand il s'en va, elle sort avec lui et ils se perdent un peu dans l'obscurité des jardins alentour. Alors la Ninie, qui monte se coucher, laisse la lampe de la cuisine allumée, pour faire croire qu'ils sont encore avec elle.

Il y a les soirs où il lui propose de l'accompagner pour reconduire les vaches au pré après la traite, ou voir si tel champ est bon à faucher. Ils se tiennent par la main, comme quand ils étaient petits, comme « le jour des avions », où ils ont eu si peur ensemble. Ils sont persuadés qu'ils s'aimaient déjà, sans savoir l'exprimer. Maintenant, ils s'embrassent, se caressent dans les chemins creux, derrière les buissons. Comme au temps de l'enfance aussi, Martin les suit parfois, de loin d'abord, puis de plus près. Claire a pitié de lui, qui ne connaîtra jamais le bonheur d'aimer.

Et puis il y a les dimanches, *Le Lac vert*, les bals, et les arrêts sur le chemin du retour. « Tu m'as emmené dans les étoiles », dit Patrick à Claire quand ils ont fait l'amour.

Jamais il n'aurait osé dire ces mots à une fille avant elle, ni à la Jacqueline ni à aucune autre. Elles auraient ri, sottement, se seraient moquées de lui. Claire ne se moque pas, elle sourit, elle aussi a vu les étoiles, elle en a gardé la lumière au fond des yeux.

Ma chérie... mon amour... Les mots que se disent les amants, au cinéma, ou dans les romans-photos de *La Veillée des chaumières*, à laquelle sa mère est abonnée, Patrick ne les a jamais prononcés. Que disait-il à ses poules ? Rien. Tout se passait par des signes, des allusions, la place et la pression d'une main en dansant, des clins d'œil.

Ma chérie... mon amour... Pour Claire, ils viennent tout seuls. Ceux-là, qui ne lui semblent plus ni ridicules ni déplacés, et ceux qu'il emprunte à la nature et transforme pour elle en mots doux, noms de fleurs ou d'animaux : ma pervenche, mon coquelicot, ma belette...

Dans la cour de la ferme, le tracteur attelé à une remorque vide attend, moteur au ralenti, alors qu'une autre remorque chargée de gerbes emplit l'aire de la grange. Claire comprend que les hommes sont en train de se rafraîchir dans la cuisine entre deux charrois.

Elle pose son vélomoteur contre le mur et entre. Elle sait que ses petites visites sont toujours bien accueillies, même en période de travail intense. Tiens ! La Ninie est là aussi, assise avec eux à la table sur laquelle il y a des verres et du cidre frais. Ils n'ont pas leur tête de tous les jours... et seul Martin a souri en la voyant entrer.

Que se passe-t-il donc ? Tout d'un coup elle comprend. Patrick... L'Algérie... ça y est...

Elle sait qu'il doit partir bientôt, et peut-être là-bas, comme disent ses parents pour ne pas prononcer le nom devenu tabou. Mais jusqu'à aujourd'hui ils ont toujours voulu faire comme si de rien n'était, profiter du moment présent, leur façon à eux de conjurer le sort.

Patrick lui fait signe de venir s'asseoir près de lui, et lui entoure les épaules de son bras, là, devant tout le monde.

« Ma chérie, j'ai reçu ma feuille de route à midi. Marseille, puis l'Algérie direct. Tlemcen. Je pars dans huit jours. »

Elle se jette dans ses bras. Il lui caresse les cheveux, embrasse son front, ses joues, ses lèvres, longuement. Quand ils se séparent, elle a les yeux mouillés, mais elle sourit. Patrick a gardé une de ses mains dans les siennes.

« Ben ça alors, fait la Joséphine, maintenant je comprends tout. »

Elle se tourne vers Léonce, aussi surpris qu'elle, puis vers la Ninie qui écarte les mains dans un geste d'évidence.

« Vous le saviez donc, vous, et vous n'avez rien dit... »

Pour rompre le silence, Léonce repousse sa chaise. « Faudrait peut-être y aller maintenant. »

Patrick se lève et suit son père, après avoir déposé un baiser de plus sur les cheveux de Claire. La Joséphine débarrasse la table et reste appuyée à l'évier. Claire va vers elle, lui touche l'épaule.

« Il ne lui arrivera rien, Joséphine, je lui porterai bonheur, il reviendra. Nous l'attendrons ensemble. »

La Joséphine hoche la tête, longtemps, et finit par se retourner.

« Tout de même, en v'là un tour à nous jouer, et aujourd'hui, en plus... »

Patrick est parti. Et arrivé. Un arrachement, un dépaysement total pour lui. Certains ont la chance d'effectuer leurs classes en France avant d'embarquer pour l'Algérie. Pas lui. Aura-t-il celle de ne pas passer là-bas tout son temps, ses deux longues années ? Celle, que ses parents n'osent évoquer même s'ils y pensent, de revenir, simplement ?

La semaine qui a précédé son départ a été lourde. Trop de choses à assimiler, avant de les accepter. Tout le monde s'est réfugié dans le silence.

Le travail a continué, avec les mêmes gestes, la même fatigue du soir. Il faisait beau. Léonce et Patrick ont pu finir de rentrer les blés. La Joséphine a fait ses conserves de légumes et de mirabelles, aidée par la Ninie. Elle ne lui parlait pas. Elle ne voulait pas l'entendre plaider la cause des amoureux. Pas encore. Il fallait d'abord qu'elle se fasse à l'idée. Comme si ce n'était déjà pas assez dur de voir partir son gars.

Claire et Patrick se voyaient peu. Quelques

étreintes rapides, qu'ils ne cherchaient ni à prolonger ni à multiplier, comme s'ils refusaient de savoir que les jours leur étaient comptés, comme s'ils attendaient normalement le dimanche, le bal et *Le Lac vert.*

La veille de son départ, le soir, Patrick est venu chez la Ninie qui s'est vite éclipsée. Au milieu de la nuit, elle l'a entendu redescendre de la chambre du haut. Claire venait de lui jurer qu'il reviendrait. Il venait de lui promettre de l'épouser.

Elle était à son travail quand il est monté dans la Frégate, emmené à Verdun par un Léonce faussement joyeux qui rappelait ses frasques, quand il était lui-même soldat.

Elle n'a pas vu la Joséphine tourner en rond dans sa cuisine, en consultant la pendule toutes les cinq minutes pendant qu'il se préparait. Elle ne l'a pas vue regarder s'éloigner la voiture, les épaules soudain affaissées, les bras ballants. Elle ne l'a pas entendue – une façon pour elle de crever l'abcès de sa peine autrement que par des larmes – rembarrer Martin, planté trois pas derrière elle. Devinant vaguement l'importance de l'événement, étonné d'avoir été embrassé par son frère, ce qui ne se produisait jamais, il se dandinait d'un pied sur l'autre en répétant :

« Patrick... Patrick... parti...

– Eh ben oui, il est parti, tu ne vas pas le seriner jusqu'à demain ! »

4

C'était un début.

La Joséphine, dont tout le monde aurait parié qu'elle serait la plus forte, supporte mal les deux chocs. Elle ne parvient pas à admettre que des faits la concernant échappent à sa volonté. Elle est comme ça. Depuis le jour où elle a mis le pied en France, elle a toujours pesé sur le déroulement de sa vie. Quand elle dit qu'elle a dirigé sa barque, elle ne peut pas trouver plus juste.

Pour le service de Patrick, soit. C'est un devoir. La loi. Mais ses amours avec la petite Claire, voilà une chose qui n'entrait pas dans ses vues. Elle voudrait se mettre en colère et n'y parvient pas. Parce qu'elle aime bien la petite, et si elle est ce qu'elle est, tout le contraire d'une paysanne, elle ne manque pas pour autant de qualités.

La Joséphine a besoin de colère. Alors, contre toute attente, il lui revient qu'une autre chose, pire encore, lui a été imposée, sans qu'elle puisse rien y changer ;

l'état de Martin. Sauf pendant les deux premières années de vie de son aîné, où sa singularité ne faisait que se dessiner, elle a toujours eu ses deux garçons sous les yeux. La perfection de l'un lui rendait-elle plus supportable le handicap de l'autre ? Sinon comment comprendre que depuis le départ de Patrick elle ne voie plus Martin avec les mêmes yeux, au point de s'irriter contre lui, et de s'en méfier ?

Léonce n'y est pas pour rien non plus, s'avisant soudain qu'on pourrait peut-être essayer d'occuper utilement ce colosse inemployé. Gamin, il n'était capable de rien, mais maintenant que le voilà largement adulte...

Les bras de Patrick manquent à la ferme, et le jeune garçon embauché pour le remplacer n'y suffit pas. Ce n'est pas un commis comme ces anciens, dévoués corps et âme à leurs patrons, sans limites, mais un ouvrier agricole, qui fait ses huit heures comme à l'usine. Pas question, après sa journée de labour, de lui demander de changer la litière des vaches ou n'importe quoi d'autre. Alors Léonce et la Joséphine s'efforcent d'initier Martin à ces quelques tâches, à grand renfort de « Regarde bien ! écoute bien ! », suivis de « C'est pourtant pas sorcier, nom de bleu ! » Mais Martin, conseillé, harcelé, réprimandé, se révèle décourageant de maladresse.

« À croire qu'il le fait exprès ! » s'emporte la Joséphine, plus mortifiée, donc moins patiente que Léonce.

Martin, déboussolé, se met à faire des siennes. Un soir, on l'appelle vainement pour le souper. La Ninie l'a vu enfourcher son vélo dans l'après-midi. Jusqu'où est-il allé ? Ne se serait-il pas perdu, lui qui n'a jamais dépassé les limites de son village ? Dans quelle direction partir à sa recherche ? À dix heures du soir, une fourgonnette s'arrête dans la cour. C'est un cultivateur de Bayonville qui l'a repéré errant dans les champs et l'a reconnu.

« Tu ne serais pas le fils Thiébaut d'Aincreville, toi ?

– Aincreville ! oui ! oui ! »

La Joséphine, elle l'a dit le lendemain à la Ninie, aurait voulu se fourrer dans un trou de souris, de honte. L'homme se complaisait à répéter l'histoire avec force gestes et rires et attendait visiblement qu'elle lui offre un coup à boire, ce qu'elle a fait pour s'en débarrasser.

Elle a ruminé longtemps la question dont la réponse la gênait : « Mais pourquoi donc qu'il a voulu se sauver ? »

Martin n'a plus droit au vélo, pas même au vieux, celui qui était tout juste bon pour les chemins de champs.

Une autre fois, il a fait sauter le moteur du coupe-racines en y enfournant trop vite les betteraves. Un autre jour encore, parti chercher les vaches, il est revenu sans, au grand étonnement de Gaspar qui l'accompagnait.

« Il me semble tourmenté, votre garçon, a dit le professeur de Verdun à la visite. Aurait-il des pulsions sexuelles ? Avez-vous remarqué des gestes ou autres dans ce domaine-là ?

– N... non... », a répondu la Joséphine.

Si. En plus de ses « miracles bossus », elle a remarqué des « gestes », comme dit le médecin. Des tortillements, des ricanements. Quand Gaspar a couvert la Miquette des Morel, en plein milieu de la cour. Quand l'inséminateur a fait son travail dans l'étable. Quand, devant lui, elle a mis ses lapines au mâle.

Léonce aussi a remarqué. Mais il n'a pas contredit la Joséphine. Ces choses-là, c'est du domaine de la mère. Et puisqu'elle a prétendu que non...

Oui, Martin est « tourmenté ». Et c'est pour ça que la Joséphine n'aime guère le voir traîner autour de Claire. Traîner, c'est beaucoup dire. Mais comme elle s'intéresse à lui, il ne la fuit pas, et il semble heureux quand elle lui parle.

Elle qui n'a que son Patrick dans la tête ne voit sûrement pas l'homme en Martin, mais l'enfant qu'il est resté. Et lui, la Joséphine le reconnaît, et c'est pourquoi elle n'intervient pas, la regarde aussi comme quand elle était petite. Leurs conversations ressemblent à des jeux.

Claire fait répéter à Martin des vers tirés des fables de La Fontaine, accompagnés de mimiques.

« Un jour... un jour... sur ses longs pieds... sur ses longs pieds... allait je ne sais où... allait... allait... » Il ne comprend pas, mais s'exécute, concentré et fier.

Elle lui apprend les comptines qu'elle tient de la Ninie ; *T'en rappelles-tu Titine*, et les autres, et la Joséphine parfois les entend rire de sa cuisine.

Conseiller à Claire de se méfier ? Joséphine n'ose pas, sans trop bien savoir si elle a honte, à la fois de son fils et de ses propres pensées, ou peur de la blesser.

Claire parle parfois de Martin à la Ninie, le soir. Elle apprend ses mésaventures, et les énervements de la Joséphine.

« Faut rien dire, conseille la Ninie à Claire qui s'en émeut. Martin est loin d'être maltraité. Toujours tenu bien propre, jamais frappé, ni insulté, juste un peu houspillé. Pour rien au monde, la Joséphine ne faillirait à ses devoirs de mère, et elle souffrirait beaucoup si on pensait qu'elle s'acharne sur son fils. »

Sans être aussi nombreuses, les visites de Claire à la ferme restent régulières. Le soir, après le travail, ou le dimanche quand elle ne va pas en balade ou au cinéma avec ses copines. Au bal ? Non, *Le Lac vert* sans Patrick ne l'intéresse plus.

Avec Léonce, rien n'a changé. En revanche, entre elle et la Joséphine s'est installée une retenue, sans animosité ni rancune. Une sorte de distance. Moins à cause de Martin que de Patrick. Elles ont conscience d'être désormais deux femmes face à face. Et Claire se sait la plus forte, elle la jeunette, la Parisienne, devant l'imposante paysanne, la patronne confirmée. Si elle osait, elle se jetterait à son cou, et elles se réjouiraient ensemble du bonheur d'aimer Patrick toutes les deux. Le pire, c'est que la Joséphine pense la même chose et se retient, elle aussi, de laisser parler son cœur et d'ouvrir ses bras. Alors, elles n'échangent que des propos banals sur le quotidien dont elles ont vite fait le tour.

La Joséphine a admis que Claire sera un jour sa bru, et au fond elle n'en est pas mécontente. Si elle se laissait aller, elle avouerait même qu'elle en est un peu fière. Mais que la Ninie vienne à vanter la petite devant elle, et la voilà qui bougonne. Qu'on aille surtout pas croire qu'elle cale si facilement !

« La Thérèse déjà était rudement jolie, mais moins que sa fille, reconnais-le, Joséphine.

– Et après ! La beauté, ça ne se mange pas en salade !

– Tu ne voudrais tout de même pas que ton gars en épouse une laide ! Pense à tes petits-enfants !

– On n'en est pas là. Le Patrick n'est pas près de revenir. Si y revient...

– Ne dis pas des choses pareilles, Joséphine, tu parles contre ta pensée et tu te fais du mal. Y reviendra, la petite y croit, elle, faut lui faire confiance. »

Léonce non plus n'est pas épargné. Il parle de ne pas attendre le retour de Patrick pour modifier sa ferme, comme le Bernard Morel qui a transformé son étable en stabulation pour les jeunes bœufs à l'engraissage qui ont remplacé les vaches laitières. La mère Morel n'en revient pas d'être débarrassée de la corvée de traite et bénit son institutrice de bru. Le soir, sur la table de la cuisine, Léonce ébauche des plans, fait des comptes, pendant que la Joséphine, en lavant la vaisselle, cherche toutes sortes de mauvaises raisons pour freiner ses projets.

« Et si tout le monde se met à faire de la viande, y aura plus de lait, alors, la fromagerie, elle tournera avec quoi ? » Pour terminer toujours de la même façon, quand il plie ses papiers : « Attends au moins qu'y revienne. »

Sans ajouter si y revient... parce que Léonce, et il aurait raison, la remettrait en place plus vertement que la Ninie.

Personne, à part Martin, l'innocent, ne peut ignorer le danger. Rappelé par les informations à la radio, qui évoquent presque quotidiennement les « événements » en Algérie. Et parfois, plus cruellement encore, par un avis de décès dans le journal.

Quand elle rentre de son travail, Claire ne feuillette jamais le journal que la Ninie a lu l'après-midi, et le soir, après le souper, elles n'écoutent la radio que pour les chansons. Mais parfois, à l'étude, elle entend malgré elle parler de l'Algérie. Elle saisit des mots au hasard d'une conversation entre Maître Lirot et des clients. Fellagha... embuscades... opérations de ratissage... tel jeune tombé là-bas.

Ces soirs-là, elle retient un peu la Ninie qui ne manque jamais de venir l'embrasser dans son lit.

« Il reviendra, n'est-ce pas ? Dis-moi que tu en es sûre, comme moi. Jure-le-moi, ma Ninie. »

Rien de plus. Jamais de larmes, entre elles, ni d'inquiétude exprimée. Du rire, des chansons, les yeux, les bras, le cœur tendus vers des jours forcément heureux. La chance, si ça se mérite, ça se force aussi, par l'espoir.

De la gaieté aussi dans les lettres de Claire à Patrick. De la couleur, celle du ciel ce matin, celle de la robe qu'elle porte aujourd'hui. Des parfums, celui de la confiture que la Ninie mijote dans la bassine de cuivre, celui du « Soir de Paris » qu'elle a reçu de sa mère. Des étoiles, celles qu'elle regarde le soir en pensant à lui, celles qu'ils ont visitées et revisiteront des milliers de fois ensemble.

Les lettres de Patrick sont plus courtes, plus gauches, plus tendues. Entre les mots d'amour Claire y devine l'angoisse. Il ne faut pas la laisser s'infiltrer, de peur qu'elle gagne sur l'espoir.

Sa plume se met à courir sur le papier, rapide, alerte, comme la vie. La vie !

De semaine en semaine, de saison en saison, le temps continue de s'écouler.

Premier hiver, premier Noël sans Patrick. L'année dernière, c'est lui qui était allé couper le sapin dans la garenne. Claire a pris le train pour Sedan, où ses grands-parents vieillissent en ressassant le passé.

Au printemps la Joséphine entame un compte à rebours de cent jours, jusqu'au premier anniversaire du départ de son fils, qui pourrait bien coïncider avec une permission. Chaque matin, sitôt levée, elle arrache à l'éphéméride une feuille qu'elle jette dans le foyer de la cuisinière.

Juillet. Patrick arrive. Pour deux semaines. Une immense joie, faussée parce que tous se retiennent de renouer avec des habitudes auxquelles il faudra à nouveau renoncer.

Patrick veut travailler, Léonce l'en empêche. « Repose-toi, mon gars, tu ne l'as pas volé. »

La Joséphine repousse les questions qui la démangent sur sa vie là-bas.

Les amoureux se retrouvent. Ils puisent dans leurs étreintes de nouvelles réserves de courage et d'espoir, qu'ils ne veulent pas entamer quand il leur faut déjà se quitter. La scène du départ est une répétition exacte de la première, Claire ayant pris le chemin de son travail sans revoir Patrick, après une demi-nuit d'amour chez la Ninie.

Puis à nouveau l'automne, et l'hiver, encore. Claire compte ses économies et troque son vélomoteur contre une 4 CV d'occasion qu'elle finira de payer à crédit.

« À crédit ! C'est pas l'habitude chez nous », commente la Joséphine.

Ça ne tardera pas à le devenir, puisque Léonce envisage sérieusement la transformation de ses bâtiments grâce à l'aide du Crédit agricole.

Pour étrenner sa voiture, Claire projette d'emmener à Bondy la Ninie qui, selon ses dires, n'est jamais « sortie de son trou ». Mais son vieux cœur de soixante-treize ans en décide autrement. C'est à l'hôpital de Verdun que Claire doit la conduire, la rejoignant ensuite chaque soir après son travail pour la soutenir à sa manière. Elle la fait rire et chanter, au grand étonnement des infirmières qui doivent cependant reconnaître l'efficacité du traitement.

Quand la Ninie revient, la voix un peu chevrotante

et les veines un peu plus bleues sur ses mains tremblantes, un cadeau de ses neveux l'attend chez elle : une télévision !

Elle se récrie, prétend qu'elle ne saura pas la faire marcher, puis se laisse aller au plaisir de voir ceux dont elle ne connaissait que les voix. En revanche, Martin ne s'habitue pas au fameux poste, effrayé par l'énigme qu'il lui pose.

Avril. La Joséphine reprend son compte à rebours, plus tendue, parce qu'elle sait que les derniers pas sont souvent les plus durs à franchir, et que les combats se sont encore intensifiés là-bas. Certains soirs, Léonce va suivre les informations chez la Ninie, et quand il revient la mine sombre, elle devine de quoi il a été question.

16 juillet. Patrick est de retour. Pour de bon. Claire tombe dans ses bras en sanglotant.

« Je savais que tu reviendrais. Je te l'avais juré. »

5

Les mariages ne sont pas fréquents dans les petits villages de campagne, puisqu'on cite des cas extrêmes où des maires, de tout leur mandat, n'ont pas eu à arborer l'écharpe une seule fois pour cette bonne cause. Une noce est donc toujours un événement pour la population qui peut tout à la fois manifester sa sympathie aux familles et satisfaire sa curiosité.

À Aincreville et dans les environs, on parlera longtemps du mariage du beau Patrick Thiébaut avec la petite Parisienne de la Ninie, célébré le 31 août de cette année 1959.

Depuis le retour de Patrick, les choses étaient allées bon train, orchestrées par la Joséphine. Maintenant qu'elle était au pied du mur, il ne lui restait plus qu'à prendre la tête des opérations comme si elle en était à l'origine. Et comme organisatrice, elle se posait un peu là.

Chaque soir, après la journée de travail, elle tenait un conseil avec les futurs autour de la table de la cuisine. Elle établissait des listes avec eux. Plus exactement avec Claire, à qui Patrick déléguait tous ses pouvoirs. Léonce et lui se contentaient d'écouter et d'approuver.

Toute la réserve avait fondu d'un coup entre la Joséphine et sa presque bru, à qui le temps et sa belle certitude avaient donné raison. Elle ne lui imposait rien, la consultait à tout propos. Pour le choix des invités, le vin d'honneur, le menu du jour, celui du lendemain, la composition du cortège, qui au bras de qui, l'enveloppe à donner au curé, les brioches à distribuer dans toutes les familles du village, la cachette des mariés pour leur nuit de noces, les robes, les costumes...

« Et pour ça, Claire, qu'est-ce que t'en penses ? »

Elles souhaitaient toutes les deux un beau mariage, même si ce n'était pas tout à fait pour les mêmes raisons, et tombaient toujours d'accord.

Sauf pour la robe de mariée.

« Tu ne veux donc pas aller à *L'Innovation*, vraiment ?

– Non, Joséphine, c'est maman qui me fait ma robe, vous le savez bien ! »

L'Innovation, rue Mazel à Verdun, c'était pourtant le magasin où s'habillaient les mariées qui se voulaient chic. On y trouvait des robes longues, certaines prolongées d'une traîne, en faille, en satin, en moire. Des robes si belles, et parfois si raides, que les jeunes paysannes devaient étudier leur façon de marcher, quand elles se dirigeaient vers la mairie et l'église au bras de leur père, puis de s'agenouiller devant l'autel. En plus de la robe, elles achetaient un voile de tulle, dont elles couvraient la belle indéfrisable que le coiffeur de Dun leur faisait la veille du grand jour, et qu'elles relevaient à la sortie de la messe. Et, dans leurs bras, elles portaient une gerbe de fleurs, une composition achetée bien cher à la ville alors que les jardins en regorgeaient. Le tout blanc, blanc, blanc, comme la virginité, réelle pour certaines, perdue sans conséquence visible pour d'autres. Seules comptaient les apparences. Il n'y avait que deux catégories, celles qui se mariaient en blanc, et les autres.

La Joséphine savait à quoi s'en tenir au sujet de Claire et de Patrick, qu'elle entendait parfois rentrer au petit matin de chez la Ninie. De plus, quand il était revenu d'Algérie, avant qu'il reprenne sa place à la ferme, Léonce leur avait prêté la Frégate pour aller à Bondy annoncer leur mariage à Thérèse et Jojo, et ils avaient pris le chemin des écoliers pour le retour. Claire n'était plus vierge. Pourtant la Joséphine insistait.

« Une robe courte ? C'est guère habillé, tout de

même. Et pas de voile ? Qu'est-ce que les gens vont penser ? Tu ne crois pas que... »

Non. Claire a tenu bon. Elle s'est mariée en robe courte. Une jolie robe toute simple, toute fraîche, en broderie anglaise, avec pour ceinture un ruban de satin bleu. Une robe avec laquelle elle allait pouvoir marcher, s'asseoir, danser le plus naturellement et le plus gracieusement du monde. Dans ses cheveux dorés, il y avait des myosotis, et dans ses mains un petit bouquet d'œillets blancs cueillis par la Ninie.

La Joséphine est tout de même allée à *L'Innovation*, pour son tailleur à elle, et elle a emmené *Au sans rival* son Léonce et Martin, pour lequel il n'a pas été facile de trouver un costume à sa taille.

Et tout le cortège habillé de neuf, frisé, coiffé, rasé de près – de proches et lointains parents rameutés pour la circonstance, la jeunesse du village, Bernard Morel et son institutrice, Thérèse, éblouissante au bras de l'oncle Stanislas venu d'Amérique, les grands-parents Leroux, le petit Daniel, maître Lirot et son opulente épouse, la Ninie en dentelle noire et toque à aigrette entre Léonce et Martin, la Joséphine qui fermait la marche, reine mère accompagnant son fils – a défilé jusqu'à la mairie, puis jusqu'à l'église, derrière la ravissante petite mariée conduite par le mari de sa mère, Jojo, aussi heureux et fier que s'il avait eu sa propre fille à son bras.

Stanislas Krowalski, parti en Amérique en 1931, n'avait jamais remis les pieds en Pologne, lui non plus, ni visité sa sœur en France. Il ne lui avait redonné signe de vie qu'après la guerre, et depuis ils correspondaient une fois par an, dans un français très approximatif pour lui. On le savait resté célibataire, enrichi, américanisé jusque dans son nom, puisque ses lettres étaient signées Stany Crows.

Joséphine lui ayant fait part du mariage de son fils, il avait décidé d'y venir, en avion, et il était arrivé une semaine à l'avance au volant d'une Chevrolet louée à Paris. Joséphine et Stany étaient tombés en pleurant dans les bras l'un de l'autre, au souvenir de leur jeunesse difficile, avant de se laisser aller à la fierté de leur réussite. Il y avait des airs de ressemblance entre le frère et la sœur, tous les deux corpulents, lui encore plus qu'elle.

En quelques jours, grâce à sa jovialité et à son originalité, Stany l'Américain avait conquis la famille, y compris Martin, et le village tout entier, puis les invités au fur et à mesure de leur arrivée.

La beauté de Claire, sa simplicité, son bonheur éclatant auraient suffi à faire de son mariage un événement qui resterait dans les mémoires, mais Jojo et Stany réunis, de l'avis de tous, y ajoutèrent bien du piment. Le Parigot, ex-fan des Amerlocks viré au rouge, et l'émigré polonais devenu chantre du dollar.

Pas de discussion politique entre eux, les circonstances ne s'y prêtaient pas. Mais un assaut d'élégance, chacun dans son style. Jojo, costume prince-de-galles, souliers pointus, cravate et pochette rouges assorties. Stany, jaquette anthracite à fines rayures blanches, chaussures bicolores, Stetson, chevalière au doigt. Rivalité de drôlerie, Jojo intarissable dans le domaine de la blague, Stany impayable avec son mélange de français et d'américain teinté d'un reste d'accent slave. Sur le chapitre de la danse, Jojo menaçait fort de l'emporter, grâce aux javas chaloupées, valses à l'endroit et à l'envers, paso doble qu'il enchaînait sans relâche, invitant les unes après les autres toutes les dames et demoiselles. Deux points d'orgue à sa virtuosité : une danse atomique décoiffante avec la mariée, et une démonstration de tango renversé avec sa Thérèse, très femme fatale dans une robe-fourreau de soie vert d'eau. Mais Stany n'avait pas dit son dernier mot. Il demanda aux musiciens, un accordéoniste et un batteur, de jouer un charleston, et il s'inclina devant la Ninie. Elle n'avait plus dansé depuis son mariage avec son Ferdinand, en 1913, pas même à celui de son neveu Léonce. Elle s'est levée, toute menue, et elle a retrouvé le rythme. Quand il a senti qu'elle se fatiguait, parce qu'elle avait porté ses mains à son cœur, le grand Stany l'a soulevée comme une plume et l'a reconduite vers sa chaise sous un tonnerre d'applaudissements.

Tous les hommes, bien sûr, voulaient danser avec la mariée. Claire réussissait cependant à leur échapper de temps en temps pour retrouver Patrick, et, tendrement enlacés, ils se réjouissaient de voir leur bonheur partagé par toute l'assistance.

Seul Martin restait en retrait, engoncé dans son trop beau costume, lourd d'avoir fait honneur aux énormes pâtisseries. Claire voulut lui offrir sa part de joie. Les musiciens entamaient un tango. Elle alla vers lui, le prit par la main et l'entraîna parmi les couples qui se formaient.

« Viens danser, toi aussi ! »

Elle a noué ses bras autour du cou de Martin qui a refermé les siens sur elle et ils sont partis lentement. Plus qu'une danse, c'était une sorte de promenade. Martin se dandinait d'un pied sur l'autre, étonné d'abord, puis ravi. Il se laissait charmer par la musique et le contact du corps gracieux autour duquel il resserrait insensiblement son étreinte.

La Joséphine ne dansait pas. Elle se reposait d'une rumba avec Jojo, assise à côté de la Ninie. Quand elle a vu Claire et Martin enlacés, elle ne les a plus quittés des yeux. La Ninie a remarqué le durcissement soudain de ses traits, signe d'une contrariété. Et quand, suivant son regard, elle en a découvert la raison, elle a compris ce qui se passait dans la tête de la Joséphine et elle s'en est sentie un peu effrayée.

Après les rires, le silence. Après la danse, le repos. L'effervescence est retombée chez les Thiébaut. Pas à la manière d'un soufflé, aussi fade quand il s'écroule qu'il était appétissant dans sa plénitude. Le présent est riche d'amour et de fierté. Le futur bouillonne de projets, d'attentes, de promesses.

Thérèse est repartie satisfaite. Elle a payé sa dette de la plus belle façon qui soit, puisque sa fille porte maintenant le nom de ceux qui l'ont aidée quand elle était dans le besoin.

Les grands-parents Leroux ont repris le train rassurés quant à l'avenir de leur petite-fille. Pour elle, au moins, ils n'auront pas à tendre le dos, comme ils prétendent continuer à le faire pour leur fille. Un commerce, ça va ça vient. La terre, c'est du solide.

Stany voulait à tout prix offrir aux jeunes mariés un voyage de noces en Amérique, prenant à ses frais les billets d'avion et le séjour, avec une insistance qui effrayait un peu la Joséphine. N'allait-il pas les tenter au point de les faire céder, alors que les travaux sont sur le point de commencer à la ferme, pour la rendre conforme aux désirs de Patrick ? Non, son fils est raisonnable. L'Amérique ? Un jour peut-être, pourquoi pas... Dans quelques années, quand l'exploitation modernisée aura trouvé son régime de croisière, et que sera construit le pavillon dont rêve le jeune couple. Cette idée-là, ils ne l'ont pas encore révélée à la Joséphine. Chaque chose en son temps.

« Vous habiterez avec nous, en attendant », a-t-elle décidé. En attendant quoi ? Tout simplement, selon elle, le moment d'opérer la traditionnelle relève entre les générations, les jeunes prenant la place de leurs parents à la ferme, ceux-ci se repliant dans une autre maison, plus petite, libérée par les anciens parvenus au terme de leur vie et auxquels ils avaient succédé en leur temps. En ce qui concernait Léonce et la Joséphine, cela signifiait donc en attendant que la Ninie s'en aille. Une perspective inimaginable pour Claire.

Au fait, quel âge a-t-elle, la Ninie ? Soixante-dix-sept ans, ce qui n'est pas rien. Et un cœur qui manque un peu d'entrain, ces temps-ci. Mais le cardiologue qui l'a soignée à l'hôpital, et que Claire l'emmène consulter régulièrement, leur a expliqué à toutes les deux que des progrès importants étaient attendus, que bientôt on pourrait soutenir un cœur paresseux en le stimulant à l'aide d'une pile.

« Une pile électrique ? Comme dans une lampe de poche ? » a demandé la Ninie en riant.

« Tu vois, lui a assuré Claire au retour, tu es partie pour faire une centenaire !

– Vivre cent ans, non merci, mais assez longtemps pour voir vos enfants, ça oui, je veux bien. »

« Les jeunes », donc, vivent chez « les vieux », ce qui pour le moment les arrange plutôt. Claire, qui n'a pas renoncé à son travail chez le notaire, n'a pratiquement pas à se préoccuper des tâches domestiques, dont la Joséphine ne voudrait d'ailleurs pas se voir dépossédée. Elle peut ainsi économiser une bonne partie de son salaire, en vue de la fameuse maison, dont elle ne parle qu'à mots couverts avec Patrick. Et la Ninie, restée sa confidente, visitée chaque soir.

Un peu partout se construisent des pavillons et certains, déjà, pour des agriculteurs dont les jeunes femmes ne se satisfont plus des grandes bâtisses, solides certes, mais si peu confortables. Elles veulent une cuisine blanche toute carrelée, une salle de bains avec une baignoire, un chauffage central, de la moquette dans les chambres.

Claire et Patrick auront leur maison moderne. La Ninie tordra le cou à son magot, sa pension de veuve de guerre placée depuis toujours, plus deux lingots d'or hérités de ses parents, qui dorment dans un coffre. Et si ça ne suffit pas, elle vendra sa maison avant de fermer les yeux, puisque Léonce et la Joséphine n'en auront pas besoin.

Le retour de Patrick a libéré Martin des quelques tâches qui lui avaient valu tant de moments d'affolement. Mais il avait fini par s'habituder à une certaine agitation, et sa tranquillité retrouvée le rend mélancolique. Son père ou son frère le découvre parfois, prostré dans un coin de la grange ou de l'étable, replié sur une détresse qu'il ne peut ni comprendre ni exprimer. Patrick est bouleversé au fond de lui-même par cette différence entre eux, tout ce bonheur pour lui, tout ce vide pour ce frère auquel il n'a jamais su témoigner son affection. Comment tenter de se rapprocher de lui ?

L'espoir est du côté de Claire. Elle lui a raconté les moments passés à le faire parler, réciter, rire. Il est vrai que maintenant, mariée, elle le délaisse quelque peu. Il ne semble pas lui en vouloir. Pour elle seule, il est capable de manifester de la joie. Quand elle arrive de son travail et qu'averti par le bruit du moteur de la 4 CV, il s'avance jusqu'au milieu de la cour. Quand à table elle lui passe du pain. Par une sorte d'instinct, il contient toujours ses élans en présence des autres, mais qu'ils soient seuls un instant, et le voilà qui se lance dans son répertoire, pour lui montrer qu'il n'a rien oublié. « Claire, jolie ! Un jour... sur ses longs pieds... le héron... Danser, danser avec Claire, moi ! »

Et il tend déjà les bras, prêt à reprendre n'importe où, dans la cuisine, dans la cour, au milieu des poules, le tango qui l'a rendu si heureux.

« Danser, non, Martin, il n'y a pas de musique, mais on peut essayer de chanter, si tu veux ? »

« Ne laisse pas ta femme s'occuper comme ça de not' Martin, conseille la Joséphine à Patrick. On ne sait pas ce qui peut lui passer par la tête, un jour ça tournera mal.

– Quel mal veux-tu qu'il lui fasse ? De tout le monde ici c'est elle qu'il préfère !

– Méfie-toi, je te dis, dis-lui de se méfier. C'est pas quand il est trop tard qu'on prend des précautions. »

La Joséphine ne dit plus que la Marguerite Morel est devenue la bonne de sa bru, depuis qu'elle aussi a la sienne qui vit à la ferme et travaille à l'extérieur, et que personne ne pâtit de la situation, à commencer par elle-même.

Quand les deux femmes se rencontrent, elles se félicitent mutuellement de leur sort, avec un brin de fierté, vu qu'elles sont les premières paysannes du village libérées de la corvée de traite. La Marguerite a cependant une longueur d'avance sur la Joséphine, puisqu'elle peut lui annoncer la promesse chez ses enfants d'un petiot ou d'une petiote dont elle aura le temps de s'occuper.

« Ça arrivera chez vous aussi tôt ou tard, quand on se marie, dame, c'est ce qui vous pend au nez !

– Ils ont bien le temps, allez, not' petite Claire a tout juste vingt ans. »

Un petiot, qu'elle garderait, en le partageant avec la Ninie, pendant que la mère irait au travail, ça ne lui déplairait pas, à la Joséphine...

Elle en a tout de même eu gros sur le cœur quand elle a vu partir ses laitières, les plus vieilles pour l'abattoir, les autres dans le camion d'un marchand de bestiaux, et quand Gaspar a disparu, sitôt retraité. Elle a fini par se consoler. Et tout ce temps qu'elle consacrait à ses vaches, pas loin de deux heures matin et soir, tous les jours, dimanches et fêtes compris, elle le met à profit pour bichonner son ménage. Elle qui aime tant cuisiner peut agrémenter ses repas de quelques fantaisies, elle fignole des entrées, des desserts, même en semaine, comme chez les riches, dit-elle en riant.

Pas question, pourtant, de prétendre faire la dame. Elle n'a pas tout lâché. Il lui reste son jardin, ses volailles, ses lapins. Et des coups de main à donner aux hommes dans les champs, au moment des gros travaux.

Ainsi pour la moisson, en avance cette année, où l'été est précoce.

Patrick conduit le tracteur, Léonce est sur la moissonneuse, et la Joséphine met les gerbes en tas derrière eux. Dans quelques années, lui promet Patrick, il pourra se passer d'elle, et même de son père, parce qu'il achètera une moissonneuse-batteuse, à moitié avec Bernard Morel. Ils travailleront ensemble, tantôt pour l'un, tantôt pour l'autre.

Certains jours, la Joséphine parvient à entraîner Martin, qu'elle n'aime guère laisser seul, mais la plupart du temps, au moment de partir au champ, il demeure introuvable, terré quelque part, silencieux.

Elle n'est plus obligée de rentrer à la ferme à cinq heures, comme au temps des vaches. Elle peut rester jusqu'au soir avec les hommes. Ces jours-là, elle laisse un mot sur la table de la cuisine pour Claire, qui disposera le couvert et arrangera le souper en grande partie préparé d'avance.

Aujourd'hui, par exemple, elle a écrit, à l'intention de sa bru : *Épluche une salade, ma fille, et fais une mayonnaise, il y a du rôti de porc froid au frigo. N'oublie pas d'en porter une tranche à la Ninie.*

6

À cinq heures et demie, Claire arrive. Elle monte à sa chambre, se rafraîchit, troque sa jolie robe de cotonnade fleurie contre une autre, plus simple, courte et décolletée. Elle brosse ses cheveux, les réunit en queue de cheval par un élastique.

Elle redescend. Trouve le mot sur la table. Sourit. Pas de danger qu'elle oublie la Ninie ! Et puisque rien ne presse pour le souper, elle va aller cueillir des fraises au jardin et elle lui en portera un bol, avec la tranche de rôti.

Elle passe devant la grange ouverte, s'arrête, y jette un œil, appelle : « Martin ! » Elle n'attend pas de réponse, mais il pourrait sortir de sa cachette et la suivre jusqu'au jardin, où elle tenterait de le faire parler et rire.

Contrairement à ce qu'elle espérait, c'est de plus en plus difficile. Martin s'enfonce à nouveau dans une tristesse dont il ne sort plus qu'à peine pour elle. Patrick, qui la voit déçue et peinée de ses efforts inutiles, tente de la consoler.

« Tu es gentille, ma chérie, lui dit-il, tu as fait tout ce que tu pouvais, mais, tu vois, c'est sans espoir. Je crois que maman a raison quand elle dit qu'il vaut mieux que tu le laisses tranquille. »

Elle contourne la grange derrière laquelle est adossé un petit bâtiment abritant les lapins et quelques réserves de grain et de fourrage pour leur nourriture. C'est aussi un des refuges de Martin. Il tire alors la porte sur lui, bien que la Joséphine tienne à ce qu'elle reste ouverte le jour, pour que ses lapins aient de l'air.

La porte est fermée. Claire la pousse. Martin est là, recroquevillé, la tête enfouie entre ses bras, sur le tas d'herbe que Léonce a fauchée et apportée ce matin.

« Martin ! Pourquoi restes-tu dans le noir ? »

Il reconnaît la voix, découvre son visage, l'éclaire d'un sourire.

« Claire ! jolie ! Danser, danser avec moi !

– Danser ici ? Décidément tu ne penses qu'à ça ! Allez, Martin, lève-toi, viens au jardin, on va cueillir des fraises pour le dessert de ce soir. Tu aimes ça, les fraises, hein ? »

Il ne se lève pas, mais tend les bras vers elle. Émue, elle s'approche, remarque des traces de larmes sur ses joues. Ses mains vont à la rencontre de celles de Martin qui s'y agrippe et l'attire vers lui. Elle tente de se retenir, n'y parvient pas. Elle trébuche, tombe à genoux sur l'herbe, près de lui.

Elle n'a pas peur. Pauvre garçon, il ne lui veut

aucun mal. C'est de la douceur, de la tendresse qu'il quémande, de la consolation pour la misère dont il souffre sans la comprendre.

« Martin, je t'aime bien, tu sais... »

Elle dégage ses mains, s'assoit, le prend contre elle pour le bercer. Il se tasse, se love, se frotte à la manière d'un animal, creusant ainsi dans l'herbe une sorte de nid où ils se retrouvent à demi-allongés, enlacés.

Soudain elle se rend compte que ce n'est pas un enfant qui la tient là, serrée, mais un homme. Différent des autres, oui, mais porteur du même instinct. Elle sent sa virilité affolée cogner contre son ventre. Elle entend son souffle rauque, entrecoupé de gémissements. Elle comprend ses tentatives désordonnées pour parvenir à des fins qu'il pressent sans savoir ce qu'elles sont.

Elle est la proie d'un flux de sentiments mêlés qui lui font perdre la tête.

Peur. De n'être pas comprise si elle tente de lui échapper, de transformer sa pulsion d'amour en souffrance, en violence.

Mais aussi pitié. Jusqu'à la tendresse, jusqu'à la faiblesse, pour le malheureux garçon qui ne mesure pas la portée de l'acte qu'il désire, qui n'en soupçonne pas la monstruosité. C'est si beau, l'amour.

Elle ferme les yeux. Se sent écrasée sous le désir d'un homme, appelle l'image de Patrick. Le corps sur elle est lourd, les gestes soudain précipités, à la limite de la brutalité.

Martin... Patrick... Elle ne sait plus. Elle cède. Elle s'ouvre. Il s'engouffre. Quelques coups de reins violents, et il roule de côté sur l'herbe, ébloui, hébété.

Claire se redresse, abasourdie par l'évidence qui s'impose à elle. Surprise par la fulgurance de l'acte, trahie par ses sens, elle a joui... Elle se rend compte qu'elle a commis une faute plus grave encore que celle de Martin. À son désir cru, presque bestial, elle a répondu au plus profond d'elle-même. Atterrée, elle comprend qu'elle vient de se contraindre au silence. Si elle parle, il sera le seul accusé, alors qu'elle s'est rendue complice. Personne ne doit apprendre ce qui s'est passé, jamais.

À genoux près de Martin replié sur son extase, elle le secoue, l'oblige à se tourner vers elle, à s'asseoir, à l'écouter.

« Martin ! Martin ! Écoute-moi ! Il ne faut pas parler ! Jamais, jamais, tu comprends ! Pas parler ! Rien dire ! »

Elle met un doigt devant sa bouche, répète : « Rien dire ! » Elle hoche la tête de droite à gauche : « Pas parler, non, non... »

Martin imite ses gestes, répète ses mots. « Non... pas parler... jamais... »

Elle ramasse le saladier qu'elle pensait emplir de fraises, sort du bâtiment, court vers la maison, monte dans sa chambre. Elle se déshabille. Sa petite culotte de dentelle est déchirée, sa robe froissée et tachée de vert par l'herbe écrasée. Elle se lave entièrement, se rhabille, se recoiffe. Elle se regarde dans la glace et s'étonne de se voir fraîche et pimpante, alors qu'elle se sent souillée intérieurement.

Elle redescend à la cuisine, jette la culotte dans la boîte à ordures dont Léonce brûle, chaque semaine, le contenu sans en faire l'inventaire. Elle ouvre le tambour de la machine à laver et mêle la robe tachée au linge sale qu'elle contient déjà en attente de la prochaine tournée. Puis elle prépare le repas selon les instructions de la Joséphine, mayonnaise, salade, elle dresse le couvert et, quand elle a tout fini, elle met une tranche de porc froid sur une assiette et se dirige vers la maison de la Ninie.

« Je t'attendais, ma Clairette, tu es la récompense de ma journée. Si j'en mérite une, avec le peu que je fais maintenant... Alors, as-tu passé une bonne journée ? »

Claire regarde la vieille Ninie qu'elle aime tant avec le souvenir de cette promesse qu'elle lui a faite un soir : je te dirai tout, et qu'elle a jusqu'ici respectée.

S'asseoir avec elle sur le banc, se blottir dans ses bras, lui confesser à l'oreille l'épouvantable scène, et pleurer, pleurer jusqu'à se sentir lavée par l'aveu...

C'est impossible. Cet aveu-là briserait la Ninie.

C'est quand elle sait qu'il y a du bonheur à la clé qu'elle peut tout comprendre, tout admettre, et garder un secret.

« Tu ne dis rien, qu'est-ce que tu as donc ? Je te vois là toute pâlotte... »

La Ninie s'approche de Claire, lui pose la main sur le ventre, doucement, et la regarde en souriant avec des yeux brillants de malice et de tendresse. « Ça ne serait pas des fois... »

Claire fait non de la tête, s'efforce elle aussi de sourire. Un pauvre sourire pâlot comme elle. La Ninie se méprend. Elle se demande si la petite mine de Claire ne viendrait pas au contraire de l'inquiétude de n'être pas encore enceinte. Dans la foulée de l'amitié entre Patrick et Bernard Morel, elle s'est liée avec Évelyne, l'institutrice, qui attend pour bientôt, de quoi lui donner des envies à son tour. Faut-il que je sois une vieille bécasse pour aller lui parler de ça, se dit la Ninie, qui se reprend aussitôt.

« T'en fais pas, va, ma belle, ça viendra. Vous êtes bien jeunes tous les deux, rien ne presse, profitez. Allez viens maintenant, les moissonneurs ne sont pas près de rentrer, rentre un peu avec moi. Voyons, qu'est-ce que tu m'apportes de bon ce soir ? »

Claire avale sa salive, secoue ses cheveux, gratifie la Ninie d'un vrai sourire.

« Du rôti froid, grande gourmande, et si tu veux, je vais te préparer une salade pour manger avec. »

Le repas du soir chez la Joséphine est plutôt tendu. L'attelée de moisson s'est mal terminée. Le lieur de la machine ayant cassé, le blé fauché ne sortait plus en gerbes, mais en vrac. Sur le tracteur, Patrick n'entendait pas les appels de son père, la Joséphine a dû courir en gesticulant pour lui donner l'ordre de stopper. Patrick a effectué sur place une réparation de fortune qui n'a pas tenu. L'attelage à peine reparti, la pièce cédait à nouveau. Impossible de continuer. Que faire de cet andain d'avoine couché sur le champ ? Léonce, énervé, se désolait de la perte de temps et de grain, alors que la Joséphine retrouvait déjà les gestes d'autrefois pour tresser des liens, saisir des brassées et les botteler en les tenant serrées sous son genou. Patrick se récriait devant ces efforts dérisoires, la Joséphine s'entêtait, Léonce ne savait lequel des deux soutenir. C'est elle qui a gagné. Ils ont mis tout l'andain en javelles, à l'ancienne. Patrick en est encore irrité et insiste lourdement sur la nécessité de s'équiper d'une moissonneuse-batteuse.

En plus de cela, la Joséphine, en allant soigner ses lapins, a trouvé Martin profondément endormi sur le tas d'herbe, dans lequel, selon ses mots, il s'était creusé « une véritable bauge ». Quand elle l'a réveillé, il s'est agrippé à elle, à la faire trébucher, avant de se mettre à trembler en répétant : « Non ! non ! pas parler ! »

Et là, maintenant, à table, en mangeant, rien ne lui coupe l'appétit, il laisse de temps en temps tomber les mêmes mots : « Rien dire... pas parler... »

Claire passe le pain à l'un, le plat de viande à l'autre, elle s'efforce de manger sans penser à rien. Son silence n'est pas étonnant ce soir, à cause de l'ambiance un peu électrique. Patrick, quand leurs regards se croisent, la rassure d'un clin d'œil : c'est pas grave, laissons passer l'orage...

Après le souper, il accompagne son père à l'atelier pour chercher une solution au problème de ce satané lieur. Martin sort derrière eux en marmonnant encore : « Pas parler... non... »

« Je me demande, dit à mi-voix la Joséphine qui débarrasse la table, je me demande si un de ces jours on ne sera pas forcés de l'envoyer là-bas... »

Elle parle pour elle-même. Elle ne s'est pas adressée à Claire qui commence à laver les assiettes.

Là-bas... Il y a des mots que la Joséphine s'interdit de prononcer. Oh ! elle n'est pas la seule, tout le monde ici a cette façon de parler à mots couverts de ce qui sent le danger, la honte, ou le malheur. Ainsi, pour ceux dont la vie s'arrête, on dit que les voilà passés « de l'autre côté ». Il arrive à la Ninie de commencer ses phrases par : quand je serai d'l'aut'côté...

Là-bas, pour la Joséphine, quand Patrick était soldat, c'était l'Algérie. Quand elle a évoqué ses souvenirs avec Stany, c'était la Pologne.

Et pour Martin, c'est où, « là-bas » ? À Paris, et dans les environs, ce serait Charenton. Ici, Claire ne le sait pas, l'endroit n'a jamais été évoqué devant elle.

Aussitôt que la cuisine est en ordre, elle souhaite le bonsoir à la Joséphine et monte se coucher. Il faudra plus d'une heure à Patrick pour imaginer et réaliser un système qui permettra de finir la moisson sans encombre. Quand il se glisse à son tour dans le lit, fatigué, il se contente d'effleurer de ses lèvres les cheveux de Claire, sans se douter qu'elle feint de dormir.

Durant les jours qui suivent, la Joséphine croit remarquer un peu moins d'allant dans le comportement de Claire. Elle a vite fait d'en deviner les raisons.

D'abord, la canicule qui sévit. Elle-même, avec les bouffées de chaleur qu'elle doit à son retour d'âge, et cette impression de peser cent kilos, la supporte difficilement. Être enfermée dans un bureau par cette température lui semble insupportable. Elle n'aurait jamais pu s'y faire. Elle en connaît beaucoup qui traitent les bureaucrates de fainéants parce qu'ils sont toujours assis, de planqués parce qu'ils sont à l'ombre. Elle n'en fait pas partie. Ne pas pouvoir bouger, manquer d'air, parce qu'on y étouffe forcément, dans les bureaux, équivalent dans son idée à des tortures qui entraînent son respect pour qui les subit.

L'idée d'un petit qui serait en préparation l'effleure

aussi. Mais c'est elle qui étend les lessives, et le mois dernier il y avait encore la preuve du contraire. À moins que ce ne soit du tout nouveau, se dit-elle. La Ninie a peut-être déjà eu vent de la chose, mais elle ne vendra pas la mèche si Claire lui a demandé de garder le secret.

Quant à Patrick, s'il lui semble aussi que le rayonnement de sa Claire s'est un peu estompé, il s'en attribue sans hésitation la responsabilité. Avec cette moisson qui fait suite à une longue fenaison, il travaille beaucoup, souvent tard le soir, quelquefois même le dimanche. De plus, sans aller jusqu'à l'inquiétude, il se soucie de la reconversion progressive qu'il a pour ainsi dire imposée à ses parents, et de sa réussite. Et c'est ainsi que plusieurs soirs de suite il s'est endormi sans avoir prouvé son amour à sa femme...

Tous les jours, en allant à son travail, elle passe à proximité du *Lac vert*, où affluent les campeurs, des Ardennes, du bassin de Longwy, de Nancy, de plus loin encore. Des vacanciers ! Elle aimerait sans doute partir un peu en vacances, elle aussi, elle le mériterait bien. Elle a pris ses congés à la mauvaise saison, et pour la semaine qui lui reste, elle attend l'évolution des travaux à la ferme. Sans se plaindre, mais au fond...

Ce soir, dans le lit, il aborde le sujet.

« Tu sais ce que j'ai pensé, pour notre premier anniversaire de mariage ? Le gros du travail sera passé, on partira un peu tous les deux, au bord de la mer, en Bretagne, ou ailleurs, où tu voudras, c'est toi qui choisiras. »

Elle se serre contre lui, il sent sa joue mouillée de larmes. Il a vu juste, elle est lasse de cette vie de travail.

« Si tout va bien, a dit Léonce ce matin, la moisson sera finie ce soir. Il ne reste plus que le champ des Jaunettes, on ne rentrera pas avant d'avoir tout fauché et mis en tas. »

Claire s'est promis d'aller rejoindre les moissonneurs au champ, qui est tout proche de la ferme, juste derrière les anciennes pâtures à vaches, dès qu'elle aura suivi les consignes de la Joséphine pour le souper.

La tradition veut qu'au soir de la dernière attelée le tracteur et la moissonneuse rentrent à la ferme décorés d'un bouquet de fleurs champêtres. Elle pense que Patrick sera heureux de la voir arriver portant le fameux bouquet, bleuets, marguerites, coquelicots, amourettes, cueillis en chemin. Léonce ramènera le tracteur, derrière lui la Joséphine s'installera sur le siège de la moissonneuse, et ils les regarderont s'éloigner avant de rentrer par le raccourci, ce petit chemin où ils se promenaient déjà main dans la main quand ils étaient enfants.

Pauvre Patrick, qui s'imagine qu'elle se languit de vacances. Elle s'efforce de chasser l'obsession qui la poursuit depuis ce soir de la semaine passée où Martin... où elle... Elle a avoué un petit coup de fatigue passager, des migraines le soir, pour que son mari ne vienne pas à penser qu'elle regrette d'avoir épousé un agriculteur. Et lui qui l'a crue a respecté son repos. Ainsi, ils n'ont pas fait l'amour tous ces derniers jours. Elle se dit que ce soir, peut-être... Elle doit se retrouver. Pour lui. Pour la Joséphine, dont elle a perçu le soupçon d'inquiétude à son sujet. Pour la Ninie, qui scrute son visage quand elle va l'embrasser le soir. Pour Léonce enfin, qui pour ne jamais exprimer ses sentiments n'en est pas moins un bien brave homme.

Le secret, qui pour le moment l'inonde encore tout entière quand elle est seule face à lui et se laisse envahir, finira-t-il par céder du terrain ? Par déserter son visage qu'il empourpre, sa peau qu'il parcourt de frissons, son ventre qu'il tenaille jusqu'à la douleur ? Pour refluer tout au fond de son cœur, petit caillot invisible, enfoui ? Pour se fondre enfin dans l'oubli ?

Martin, après avoir répété ses non, non, pas parler, pendant quelques jours, a fini par se taire. Complètement. Au point qu'il ne s'exprime plus que par monosyllabes après avoir été plusieurs fois sollicité.

« Martin, veux-tu encore des pommes de terre ? Martin, tu réponds ? En veux-tu, oui ou non ?

– Oui. »

Claire évite de se trouver seule à seul avec lui. Quand elle est obligée de s'adresser à lui, ou quand simplement leurs regards se croisent, il baisse les yeux. Quelles peuvent être alors ses pensées ?

« Tu vois, disait hier soir la Joséphine à Claire pendant la vaisselle, il ne fait pas plus cas de toi que de nous autres, à présent. Tu n'es pas récompensée de ta gentillesse. »

Elle devrait se sentir rassurée, elle qui n'aimait pas le voir « traîner » autour de Claire. Cependant l'évolution de Martin ne lui dit rien qui vaille.

Claire emporte dans un panier une bouteille de cidre frais, pour le plaisir des moissonneurs. Elle traverse la cour, longe la grange pour atteindre, par-delà le jardin, le chemin qui la conduira au champ. En passant près du bâtiment des lapins, dont la porte est ouverte, elle ne peut s'empêcher de jeter un coup d'œil. Martin est là, tassé contre le mur.

Il la voit, se dresse d'un bond. « Claire ! Danser ! »

Cette fois elle est prise de peur. Que faire ? S'enfuir en courant ? Il va courir derrière elle, la rattraper, excité par ce qu'il peut prendre pour un jeu... Elle n'a pas le temps de réfléchir, il s'est précipité.

Il lui saisit le bras, le serre, fort. Il y a tout sur son visage, la détresse, l'appel, le souvenir de l'étreinte sur le tas d'herbe.

Crier au secours ? Pour être entendue par qui ? Par la mère Morel qu'elle aperçoit là-bas, penchée sur ses légumes ? Cette affaire-là ne la regarde pas. Par la Ninie, au risque de provoquer chez elle une frayeur qui pourrait lui être fatale ?

Non. Il faut calmer Martin. Doucement. Fermement. Comme un animal affolé.

« Martin... sois gentil... lâche mon bras, tu me fais mal... tu sais que je t'aime bien... mais il ne faut pas... non... »

Il recule lentement vers le bâtiment des lapins, en l'entraînant. Sa poigne est telle qu'elle ne peut pas lutter.

« Non, Martin, je t'en supplie ! »

Il l'abat sur un reste de paille, se laisse tomber sur elle. La porte est restée ouverte.

« Nom de dieu, v'là que ça ne lie p'us ! ça doit être encore ce sacré foutu de lieur ! »

Non. Le lieur a été correctement réparé par Patrick, qui s'y connaît en mécanique. Léonce soulève le couvercle du réservoir à ficelle. Vide ! Et pas une pelote de rechange ! Il était tellement persuadé de finir le champ avec ce qui restait qu'il n'a pas jugé bon d'en apporter en secours. Il reste vingt-cinq mètres à couper, l'affaire de cinq minutes !

« Faut-y être con, nom de dieu ! »

Patrick choisit d'en rire.

« Pour si peu tu reviendras demain avec la faux, ça te rappellera l'ancien temps !

– On aura bonne mine de laisser un toupet debout comme ça dans le champ, grogne la Joséphine, si quelqu'un le voit, ça va faire le tour du village ! Franchement, Léonce, t'aurais pu être plus prévoyant !

– On a dit qu'on finirait ce soir, on finira ce

soir, tranche Léonce. Puisque c'est de ma faute je m'en vas chercher de la ficelle en vitesse, en passant par le raccourci. Ça me calmera de marcher un peu. Faut-y être con ! » lance-t-il encore une fois en s'engageant sur le petit chemin où il aurait dû croiser Claire avec ses fleurs et son panier.

Il coupe à travers les pâtures, traverse le jardin, débouche près du bâtiment à lapins.

« Nom de dieu de nom de dieu ! »

Il s'arrête net, figé par le spectacle qu'il découvre. Son fils Martin couché, gesticulant sur la femme de son autre fils, la petite Claire, qui se débat sous lui !

Elle a entendu le juron. Elle se met à crier. À hurler. Des cris perçants qui font sursauter la Ninie assise sur son devant de porte, et qui parviennent jusqu'aux oreilles de la Joséphine et de Patrick qui entassent les gerbes ensemble. Ils interrompent leur travail pour écouter, intrigués.

« C'est pas une bête qui crie comme ça, dit la Joséphine, qu'est-ce qui peut bien se passer ?

– On dirait que ça vient du côté de chez nous... »

Ils ne reconnaissent pas la voix, mais ne reprennent pas leur travail. Ils restent immobiles, à tendre l'oreille.

Le premier instant de stupeur passé, Léonce se précipite, empoigne Martin par les cheveux et le tire violemment en arrière. Puis il le saisit à bras le corps et, ses forces décuplées par la colère, parvient à l'arracher et à le remettre debout. Bouleversé de honte, il détourne les yeux de la semi-nudité de Claire qui ne crie plus, qui se ramasse en boule sur la paille, secouée de tremblements.

Quand Léonce est arrivé, elle capitulait, elle partait...

Martin, ahuri, reste les bras ballants, sans penser à fuir, ni même à cacher son sexe qui témoigne encore de sa frénésie. Et c'est ce qui déclenche la fureur de Léonce.

Il y a des bâtons partout dans les fermes, même chez ceux qui ne les manient guère. Il en cherche un des yeux, s'en saisit, et une volée de coups accompagnés d'insultes s'abat sur Martin qui ne comprend pas tout de suite, puis qui réagit sous la douleur. Par une sorte de danse grotesque, des gestes désordonnés qui ne le protègent pas. Et par des cris, les uns suraigus, les autres éraillés.

Ces cris, et ceux de Léonce : « Salaud ! Ordure ! » précipitent la Joséphine et Patrick sur le chemin.

« Un malheur... un malheur est arrivé chez nous... » hoquette-t-elle en courant derrière son garçon qui file vers la maison.

La Ninie arrive la première, au moment où Léonce laisse tomber le bâton à ses pieds et s'appuie, livide, ravagé, au montant de la porte. Elle comprend aussitôt le drame, murmure : « Mon dieu, le pauvre garçon... » en voyant Martin, toujours debout, mais hagard, brisé, le pantalon encore béant. Claire... Où est Claire ? Elle l'aperçoit tassée sur la paille, s'approche, s'agenouille près d'elle.

« Ma Clairette... »

Et puis voilà Patrick, à qui il faut mettre les points sur les *i* pour qu'il entrevoie la vérité. Parce qu'une telle abomination est inimaginable pour lui, qui ne saisissait même pas les arrière-pensées de sa mère quand elle lui répétait : « Dis à ta Claire de se méfier. » Il croit à un accident, lequel il n'en a pas idée, mais un accident.

« Papa... que se passe-t-il ? Qu'est-ce qu'il a fait ?

– Ta femme... je l'ai trouvé dessus...

– Hein ?

– Oui, dessus, en train de la... enfin tu comprends... Je l'ai arrêté, et je l'ai corrigé. »

C'est le ciel qui tombe sur la tête de Patrick. Abasourdi. Jambes sciées. Cœur glacé.

Tout est là pour confirmer ce qu'il vient d'entendre. L'expression de son père, qu'il n'a jamais vu aussi décomposé. Le bâton à ses pieds. La stupéfiante et pitoyable allure de son frère, les traits déformés, le pantalon tombé sur les talons, et ces zébrures rougeâtres sur ses mains, ses bras, ses cuisses. Claire, recroquevillée, le visage caché entre ses bras, et près d'elle la Ninie qui lui caresse doucement les cheveux en pleurant.

Patrick a mal, peur, honte. Le monde s'écroule sous ses pieds. Quels gestes, quels mots pourront jamais réparer l'irréparable ?

La Joséphine arrive, haletante. Elle stoppe net elle aussi. Son sang ne fait qu'un tour. « Il l'a violée... pauvres de nous tous... »

Derrière la haie du jardin apparaît la tête de la Marguerite Morel, alertée par les hurlements et la course de Patrick et de sa mère. Personne ne la verra. Elle se retire discrètement. Les affaires des autres, à plus forte raison celles qui sentent le drame, ça se respecte.

« Y a dû s'en passer de la drôle tout à l'heure chez les Thiébaut, pauvres gens », dira-t-elle simplement le soir à sa famille.

« La petite... », murmure la Joséphine en la découvrant. Elle veut se précipiter pour la secourir. Son élan réveille la conscience de Patrick. C'est sa femme, c'est à lui de le faire. Il se penche sur elle, l'entoure de ses bras en pleurant.

« Jésus Marie Joseph, quel gâchis... », chevrote la Ninie qui s'éloigne, accablée.

La Joséphine entreprend alors de faire ce qu'elle désignera par « son devoir » quand elle sera amenée à évoquer les faits. Son devoir, rien de plus. Parce que si Martin reste son fils aux yeux des autres, et de la loi qu'elle a toujours respectée, pour elle il ne l'est plus. À partir de cet instant, elle ne lui adressera plus la parole. Elle se baisse pour relever le pantalon qui tirebouchonne aux pieds de Martin, ferme la braguette, boucle la ceinture. Puis, le prenant par la manche de son tricot, elle l'entraîne vers la maison en faisant signe à Léonce de lui emboîter le pas.

Martin n'oppose aucune résistance. Il marche comme un automate, les épaules basses, les yeux rivés au sol. Il se laisse conduire jusqu'à sa chambre, son lit où il s'affale, et dont il ne bougera plus jusqu'à son départ. Pour « là-bas ».

La Joséphine rejoint Léonce, assis à la table de la cuisine. Il regarde ses mains posées à plat devant lui, signe d'un grand désarroi. Peut-être pense-t-il qu'il y est allé un peu fort avec le bâton. Elle n'y fera aucune allusion. Elle n'a pas à le lui reprocher. Les hommes sont plus impulsifs que les femmes, ils maîtrisent difficilement leurs sentiments, en particulier ceux qui font mal, la honte, la colère. Ils les transforment en violence. Au fond, c'est une chance qu'ils ont là. Une supériorité sur les femmes. Parce que les blessures qu'on garde à l'intérieur deviennent des brûlures qui cicatrisent beaucoup plus difficilement que celle des corps, et parfois même jamais.

« À présent, nous y voilà, dit-elle en s'asseyant face à Léonce. Plus tôt, et plus salement que je l'aurais cru, mais nous y voilà... »

Le docteur Antonin, de Dun, ne fera lui non plus aucun commentaire au sujet des coups portés par Léonce sur Martin.

Au moment de l'appeler, la Joséphine a apprécié l'installation toute récente du téléphone à la ferme, décidée par Patrick. Si elle avait dû se rendre à la cabine, elle l'aurait fait. La Lucie n'aurait pas eu à chercher le numéro du médecin, qu'elle connaît par cœur. Elle aurait tendu l'appareil : Tenez, Joséphine, c'est lui, parlez ! en s'éloignant par discrétion, mais pas trop, selon son habitude, parce qu'elle aime bien savoir ce qui se passe chez les gens. Question de sympathie, plus que de curiosité.

La Joséphine n'a pas l'intention de cacher les faits. Mieux vaut révéler la vérité, si dure soit-elle, que de risquer des interprétations plus ou moins exactes. Les cris de Claire, de Martin et de Léonce ont été forcément entendus. Mais si vite, pour ainsi dire à chaud, il lui en aurait coûté d'exposer son malheur.

En quelques phrases, elle explique au docteur les circonstances du drame, puis elle le conduit auprès de Martin. Il l'observe d'abord du seuil de la chambre, puis s'approche de lui, lui prend la main. Martin ne bouge pas. Son regard est vide. Le médecin s'assure que les plaies sont superficielles et qu'il n'y a rien de cassé, ni côte ni membre, sous l'œil gêné de la Joséphine, qui craint sa réprobation.

Il n'y est pas allé de main morte, le père Thiébaut, qui ne passe pourtant pas pour un violent, pense-t-il.

« Il n'a pas su se retenir... faut le comprendre, n'est-ce pas... »

Il la rassure d'un geste. À quoi bon ajouter à la honte de ces parents suffisamment humiliés.

La Joséphine est retournée dans la cuisine.

« C'est à toi de lui parler maintenant, Léonce. »

Ce n'est pas qu'elle cherche à se dérober, mais la mère a son rôle, et le père le sien. Parler ou agir à la place de l'homme, c'est manquer au respect qui lui est dû.

Le docteur les rejoint, s'assied à la table, prépare de quoi écrire.

« Ce qu'on vous demande maintenant, ma femme et moi, c'est de le faire admettre " là-bas ".

– Je pense en effet qu'il y va de l'intérêt de tous ici. Vous devrez faire une déposition concernant ce qui s'est passé.

– Une déposition... vous voulez dire... aux gendarmes ?...

– Oui, puisqu'il y a eu agression. Qu'on ne puisse jamais vous soupçonner de vous en être séparés sans motif. C'est la loi. »

La loi ? Eh bien, ils la respecteront, jusqu'au bout. Ils la feront, leur déposition, à qui de droit.

« La jeune femme, reprend le docteur après les avoir laissés avaler cette pilule amère de plus, je dois la voir aussi. »

La Joséphine lui indique la montée d'escalier. « Elle est là-haut, avec son mari. »

Tout à l'heure, alors qu'avec Léonce, ils venaient de prendre leur décision et d'appeler le médecin, ils ont vu entrer Patrick, portant Claire dans ses bras. Il est passé tout droit près d'eux, sans un regard, sans un mot. Leur silence a salué son chagrin et la blessure de Claire.

Le docteur a l'intention d'être bref. Cette affaire-là est sans équivoque. Les Thiébaut sont réputés pour leur droiture, incapables de monter un coup, comme le tentent certaines familles quand un de leurs membres les encombre. Leur fils Martin est régulièrement suivi par un spécialiste dont il reçoit les comptes rendus de visites, le dernier faisait état d'une nervosité accrue. Il rédigera le certificat qui convient.

Après avoir prescrit un calmant à Claire, il demande à Patrick de sortir un instant.

« Dites-moi, madame, vous n'avez pas encore d'enfant, je crois ? Prenez-vous des précautions avec votre mari ? »

Elle fait oui, d'un signe de tête.

« Alors vous connaissez vos périodes de fécondation. Savez-vous quand vous êtes susceptible d'être prise ? »

C'est oui, aussi.

« L'êtes-vous en ce moment ? »

Elle crie presque la réponse : « Non ! »

Bon. Elle est sûre d'elle. Voilà au moins une angoissante question qui ne se posera pas.

« Vous ne reverrez pas votre agresseur. Vous avez une bonne famille, un gentil mari. Faites confiance au temps. Courage. »

« La Ninie..., s'avise la Joséphine, quand le docteur redescend, faudrait bien la visiter elle aussi, avec son cœur qui flanche. »

Elle n'a pas eu la force d'aller jusqu'à son lit. Elle est assise dans son fauteuil d'osier, près de la cuisinière qu'elle allume tous les jours, même au plus fort de l'été. Mais ça ne l'empêche pas de trembler de la tête aux pieds.

« Je donnerais bien volontiers ma vie, là tout de suite, et sans regret, si ça pouvait servir à gommer le malheur », dit-elle au docteur qui cherche la veine de son bras pour lui injecter de quoi soutenir son cœur.

Quand le malheur s'abat sur une famille, il lui arrive de s'y incruster. À croire que ça le dispense pour un moment d'aller voir ailleurs. Tout le monde connaît des exemples plus ou moins récents de ces catastrophes en série, maladie, suicide, épidémie du bétail, incendie... qui ont touché de braves gens, qui ne le méritaient pas. Mais y en aurait-il donc qui méritent le malheur ?

Je n'en souhaiterais pas la moitié à mes pires ennemis, disent ceux qui se remémorent ces tristes enchaînements, au marché du bourg, au café, d'un jardin ou d'un champ à l'autre, avant d'ajouter : pourvu que le malheur ne s'installe pas chez les Thiébaut !

Des gens estimés de tous, dans la commune et bien au-delà. Travailleurs, honnêtes, dévoués. Le Léonce, maire du village. La Joséphine, une Polonaise arrivée sans rien de rien, mais qui a compté pour beaucoup dans la prospérité de la ferme. Leur fils, entreprenant sans chercher à écraser les autres. Leur bru, la petite

Claire, la Parisienne, belle et rieuse, courageuse elle aussi. La vieille Ninie, enfin, le cœur sur la main. Pourvu...

Martin a violé sa belle-sœur. Malgré la correction que son père lui a flanquée, il aurait peut-être été tenté de recommencer. Ses parents l'ont « placé ». « Là-bas. » Ils ont bien fait.

Ils l'ont emmené eux-mêmes, le lendemain de son forfait. Ils voulaient voir l'établissement. Il y sera nourri, tenu propre, surveillé.

La Joséphine n'a prononcé que trois phrases au cours du trajet. Trois phrases qui témoignaient de ses réflexions, approuvées par le silence de Léonce.

« Pour moi c'est plus un homme, mais c'est quand même pas une bête. »

C'était juste avant d'entrer dans le grand bâtiment gris aux fenêtres opaques. Puis quelques minutes après avoir repris la route :

« Ces gens-là sont des docteurs, ils savent ce qu'ils font. »

Et enfin, alors qu'ils arrivaient en vue de leur village : « Faudra que de l'eau coule sous les ponts avant que j'y retourne. Si j'y retourne un jour... »

Patrick et Claire n'avaient pas reparu depuis la veille. La Joséphine s'était retenue de frapper à leur chambre au matin. Elle avait aidé Léonce à donner les soins aux animaux qui ne connaissent ni les fêtes, ni les drames, pour eux tous les jours sont pareils.

Quand ils sont rentrés, Patrick était occupé à nourrir les veaux, et Claire, dans la cuisine, faisait rôtir des pommes de terre.

« Puisque tu prépares le souper, je vais aller faire un tour chez la Ninie », a simplement dit la Joséphine en troquant ses chaussures de sortie contre des chaussons.

Le lendemain matin, Claire descendait de sa chambre à l'heure habituelle, et après un rapide petit déjeuner s'en allait à son travail. La vie reprenait son cours apparemment normal.

Mais personne ne s'y trompe, les choses ne sont plus, et ne redeviendront jamais, ce qu'elles étaient.

On travaille, chez les Thiébaut, on mange, on boit, on dort, on parle. Mais les objets ont perdu leur âme, les mets leur saveur. Mon four! mes bocaux! clamait la Joséphine, partageant avec eux les réussites qui faisaient sa fierté et le plaisir de ses convives. Le plaisir, voilà ce qui a déserté la maisonnée, remplacé par une sorte d'application qui parvient rarement à donner le change. La volaille du dimanche, les confitures de fraises et de quetsches, les cochonnailles sont reléguées au simple rang de nourritures.

Mon Dieu que la terre est basse! disent par ici ceux qui répugnent à se pencher sur elle ou ceux qui en sont lassés. À plus de cinquante ans, la Joséphine et son Léonce, qui ne se sont pourtant jamais ménagés, ne s'en étaient encore pas avisés. Elle rapportait du jardin de pleins paniers de légumes, les reins cambrés, la face épanouie. Il portait sur son dos les sacs de grain et de pommes de terre, les genoux à peine fléchis. Et voilà que pour eux tout d'un coup la terre est devenue basse, les sacs, les paniers, les bottes de paille, les fourchées de foin sont devenus lourds. Leurs soupirs quand ils s'assoient à la table du soir n'expriment plus le contentement d'une journée bien remplie, mais la fatigue de leurs reins, et de leur cœur, moulus. Une place vide au bout de la table a tout changé.

« Mon fils », dit maintenant la Joséphine, et non plus « not' Patrick ». « Mon fils. » Elle y met de la gravité, sa confiance en lui, et son espoir. De tous ses projets, la moissonneuse-batteuse, le pavillon, dont il venait de lui faire la confidence, il ne parle plus guère, comme s'ils avaient perdu leur netteté pour reculer dans un lointain brouillard... Mon Dieu, qu'ils en sortent !

Et quand elle parle à Claire, c'est « ma fille ». Celui qui l'a salie a perdu sa place, elle a plus que jamais gagné la sienne. Celle qui riait pour un oui pour un non, qui secouait ses boucles comme une gamine, qui portait des robes courtes, qui dévalait l'escalier en chantant Piaf, qui faisait rajeunir la Ninie rien qu'en l'embrassant, c'était « la Claire », ou « not' petite Parisienne ». Le rire et les chansons se sont tus, mon Dieu qu'ils reviennent ! « Ma fille », c'est le respect, l'affection, une manière de demander pardon.

Et Patrick et Claire ? Amoureux, toujours, mais désespérément...

Il y a l'illusion des jours, qui peut faire croire aux autres, et parfois même à eux, qu'ils ne se perdront pas. Chaque jour nouveau est une scène qui se remplit de voix, de gestes, de soleil ou de pluie, de travaux, de promenades, de petits faits, de grands événements. Daniel entre en sixième. Jojo fait changer tous les néons du café et agrandir l'appartement au-dessus. Maître Lirot équipe sa secrétaire d'une nouvelle machine à écrire dernier cri. Évelyne Morel met au monde une petite Corinne. Le cinéma révèle Jean-Paul Belmondo. Les Américains s'apprêtent à élire John Kennedy. La guerre continue en Algérie...

Et puis, en cas de besoin, il y a le recours au masque qu'ils ont appris à poser sur leur visage. Masque du sourire, de l'indifférence ou de l'enthousiasme, du mensonge...

Oui, les jours sont possibles pour eux.

Mais aux jours succèdent les nuits. L'intimité. Les corps dénudés. Et entre eux la blessure, la fracture qui interdit désormais la fusion.

Comment pénétrer le corps de la femme aimée en sachant qu'un autre l'a fait, de force, comme une bête, et quel autre... Les qualificatifs eux-mêmes sont devenus impensables.

Un mois entier s'est écoulé avant que Patrick puisse faire l'amour à Claire. Chaque soir, il la tenait serrée dans ses bras, la berçait, l'embrassait, la caressait, aimant, sincère, mais, tout à coup, désemparé par l'apparition du désir. Comme si le sexe profané de Claire lui faisait peur. Il a fini par céder à l'affolement du sien. La nature, la jeunesse ont été les plus forts. Victoire ou illusion ? Il la possède à nouveau chaque nuit, ou presque, pousse l'acte jusqu'à sa conclusion, mais il ne l'emmène plus visiter les étoiles, et le sait.

Comment accueillir en soi l'homme aimé en sachant qu'on n'a pas lutté jusqu'à l'extrême contre l'intrusion d'un autre, et quel autre, et que, pire encore...

Le chemin des étoiles a été saccagé. Claire reçoit Patrick en elle, mais elle ne l'accueille plus.

7

Aujourd'hui, 5 décembre 1960, Claire roule vers Paris dans sa petite 4 CV pleine comme un œuf de toutes ses affaires rassemblées. Elle quitte le village, la Joséphine, Léonce, la Ninie. Et Patrick. Elle ne reviendra pas.

Comme il faut bien aller quelque part, elle se rend à Bondy, chez sa mère et Jojo, qu'elle a prévenus par une lettre. Mais elle n'y restera que le temps de chercher du travail et un appartement pour elle seule.

Elle n'en pouvait plus de ce malentendu entre elle et la famille où elle était entrée avec tant de bonheur, officiellement quinze mois plus tôt, en réalité depuis son enfance. Elle aurait voulu leur dire, leur crier, la vérité plus cruelle encore que celle qu'ils imaginent : « Vous croyez que Martin m'a violée, mais vous ne savez pas tout. Je partage la faute avec lui. Je suis allée au-devant du danger la première fois, parce qu'il y a eu une première fois, que vous ignorez. Et j'ai cédé à son désir. Et il s'est passé quelque chose qui m'a fait perdre le droit de l'accuser. Une chose que je ne peux pas vous avouer. J'ai pris du plaisir avec lui. Martin est rayé de la famille. Enfermé chez les fous. Et vous tous accablés de honte. Je ne supporte plus votre souffrance, et encore moins votre bonté pour moi. Je ne la mérite plus. »

A-t-elle eu raison, ou tort, de se taire ? Faut-il y voir du courage, ou de la lâcheté ? Elle part avec le secret de sa faute.

Il n'y a pas eu de cris, ni de reproches ni de grandes manifestations de désespoir. De la stupeur, oui, une peine réelle, mais le tout dans la dignité.

Et tout de suite des attentions pour elle. Partir où ? Comment ? De l'argent, en avait-elle, en voulait-elle ? La question qu'ils n'osaient pas poser a tout de même échappé à la Joséphine, au dernier moment, alors que le moteur de la 4 CV tournait déjà :

« Mais.. tu reviendras... dis, ma fille ?... »

Elle ne l'a pas entendue. Les derniers mots qu'elle emporte sont une promesse de Patrick, répondant à sa demande :

« S'il arrive quelque chose à la Ninie, je t'en prie, préviens-moi, si possible à temps... »

Sainte-Menehould. Châlons. Des sautes de vent bousculent la petite 4 CV, obligent Claire à cramponner le volant. Montmirail. Le vent se calme un peu, un pâle soleil d'hiver perce à travers les nuages gris. Claire a des picotements dans les yeux. Elle s'arrête un moment sur la place d'un village, fait quelques pas, s'étonne de ressentir la faim et la soif. La Joséphine a glissé un panier sur le siège avant de la voiture, avec une Thermos et la moitié d'un gâteau roulé dans un torchon. Elle boit un peu de café, mord dans le gâteau. Sa gorge se serre, une onde de chagrin l'envahit, elle pleure, appuyée contre la voiture. Deux enfants sortent d'une maison et la regardent curieusement en traversant la place. Elle reprend place dans la 4 CV, essuie ses yeux, démarre aussitôt.

La Ferté. Meaux. La circulation devient plus dense. Voici la banlieue, Montfermeil, Villemomble, Bondy. La nuit tombe. Les néons de l'enseigne s'allument au moment où elle stoppe devant le café.

Il lui faut passer par la salle où Jojo s'active derrière le comptoir. Par malchance, un groupe d'habitués la reconnaît et la salue bruyamment :

« Tiens ! voilà Madame Claire, encore plus belle que sa mère, si c'est possible !

– Vous n'avez pas amené votre mari ? Il n'est donc pas jaloux qu'il vous laisse voyager toute seule ! »

Jojo vient à son secours, il l'embrasse et l'emmène vers l'appartement où elle tombe dans les bras de Thérèse. « Ma petite fille, quelle histoire ! »

Et encore, elle n'a pas tout dit dans la lettre. Elle a

parlé d'un coup de folie de Martin, d'une agression. Jojo a vu rouge.

« Qu'elle dise ça de n'importe quelle façon, il l'a violée ! » Un viol, pour lui, c'est pire qu'un crime. « Si quelqu'un te violait, Thérèse, je l'étranglerais de mes mains ! C'est ce que Patrick aurait dû faire. Ils ont été trop bons pour lui. »

Mais là, devant elle, la peine l'emporte sur la colère. Claire, il l'aime comme sa propre fille, il en est fier, autant que Thérèse. Il a raconté son beau mariage et montré des photos à tous ses clients. Il leur a vanté les qualités de son gendre, un paysan, oui, mais pas un plouc, un gars entreprenant, il leur a expliqué la modernisation de la ferme, et s'est même laissé aller, lui le coco, à mentionner l'oncle d'Amérique.

Thérèse fait visiter à Claire l'appartement agrandi et l'installe dans sa chambre où elle l'incite à se reposer. Puis elle rejoint Jojo qui a sommairement initié ses habitués pour prévenir toute indiscrétion.

« Y a de l'eau dans le gaz avec sa belle-famille. Je ne vous en dis pas plus, à chacun ses affaires. »

Ils ferment de bonne heure. Ils ont confié Daniel à des amis pour la soirée et la nuit, pour ne pas parler de « ça » devant lui. Mais, même sans lui, ils n'ont pas envie de raviver la blessure de Claire. Elle est là, attablée avec eux, elle mange un peu, pour leur faire plaisir, elle se force même à sourire. Elle est courageuse. Déjà elle parle de travail, de logement. « Avec toutes tes relations, Jojo, tu pourras sans doute m'aider à dénicher ce qu'il me faut. »

Thérèse, qui a connu et apprécié les Thiébaut, tout en comprenant le ressentiment de Jojo envers eux, devine leur chagrin et leur honte. Ce sont de braves gens, qui l'ont accueillie dans des moments difficiles. Dans le silence revenu, elle pense à eux. Et à Patrick, le petit compagnon de sa fille, son amour, son mari.

Elle trouve un biais pour aller vers eux.

« Et la Ninie, comment va-t-elle ? Parle-moi un peu de la Ninie, Claire.

– Elle doit se ménager de plus en plus, avec son cœur qui fait des siennes. C'est à peine si elle a pu jardiner, elle ne s'est occupée que de ses fleurs. Elle attend cette fameuse pile dont le cardiologue nous a parlé... »

Claire a baissé le ton pour prononcer cette dernière phrase, parce qu'elle sait que ce n'est pas vrai. Elle n'y croit plus, la Ninie, à la pile qui la faisait rire, ou pire, si elle y croit encore, elle ne l'attend plus.

Elle la revoit ce matin, quand elle est allée l'embrasser avant son départ. La vieille dame n'a pas pleuré, mais ses yeux étaient tout pâles, tout éteints. Ils disaient : je sens que tu as un secret, mais malgré ta promesse de tout me dire, toujours, cette fois tu te tais. À moi, pourtant, tu peux tout dire... Parle, si ça peut t'aider, pendant qu'il en est encore temps...

L'image de la Ninie lui fait perdre son courage. Devant Thérèse bouleversée et Jojo remué lui aussi, elle laisse couler ses larmes, doucement, sans bruit.

Elle les voit tous. La Joséphine, qui à cette heure-ci doit être en train de débarrasser la table du souper, les gestes lents, le pas lourd. En l'espace de quelques mois, elle a vieilli de dix ans. Ses cheveux sont devenus blancs, et sa voix qui résonnait dans toute la maison a perdu sa force elle aussi. Léonce, qui s'était caché dans l'étable pour pleurer avant de venir souper, et qui va monter se coucher sans avoir feuilleté le journal, ni allumé la télé qui se trouve chez eux depuis que la Ninie n'en a plus voulu. Patrick... Où est-il, en ce moment ? Que fait-il ? Quand elle lui a fait part de sa décision de partir, il a paru soulagé. C'était comme s'ils en étaient arrivés à avoir peur l'un de l'autre. Patrick !

Elle éclate en sanglots.

25 juin 1963.

Le portail de l'école d'infirmières de Bobigny laisse échapper une envolée de jupes et de robes légères, une quinzaine de jeunes filles joyeuses, qui parlent fort et rient. Elles viennent d'apprendre leur succès à l'examen, après deux années d'études entrecoupées de stages.

« Si on fêtait ça ensemble ce soir ? lance l'une d'entre elles. On pourrait s'offrir un petit resto et aller danser ensuite. Qui est d'accord ? »

Des voix enthousiastes s'élèvent aussitôt.

« Moi ! Moi ! Bonne idée ! On a bien mérité de faire la fête ! » Quelques-unes regrettent de ne pouvoir se joindre au groupe des fêtardes qui s'organise déjà. Le lieu du rassemblement, l'heure, le choix du resto...

« Et toi, Claire, tu viendras ? demande l'initiatrice de la soirée.

– Non, je suis désolée, mais j'ai un rendez-vous.

– Dommage pour nous ! Mais je te souhaite une

bonne soirée de ton côté », ajoute-t-elle avec un clin d'œil complice.

Claire s'éloigne en souriant de la méprise. Qui pourrait en effet savoir que c'est avec la Ninie qu'elle a rendez-vous ce soir ? Pas avec elle vraiment, mais avec son souvenir, puisqu'elle s'en est allée « de l'aut' côté », comme elle disait, en mars 1961, le 17 exactement. C'est quelques jours plus tôt, dans le train qui la ramenait de Nancy, que Claire avait décidé de donner un sens nouveau à sa vie en devenant infirmière.

C'était quelques mois après le drame. Elle avait mis très vite ses résolutions à exécution. Elle n'avait pas eu de difficultés pour trouver du travail. Il lui avait suffi de consulter quelques annonces et de se présenter, sans même avoir à faire valoir la lettre de chaudes recommandations de Maître Lirot.

Quand elle lui avait annoncé son intention de quitter l'étude, il lui avait dit tout le bien qu'il pensait d'elle, et son regret de la perdre. Il avait appris l'internement du fils aîné des Thiébaut et en connaissait la cause, sans jamais y avoir fait allusion, par respect pour Claire. « Tenez, lui avait-il dit pour finir, voici de quoi prouver à votre futur employeur qu'il a raison de vous choisir. »

Un ami de Jojo lui avait déniché un studio dans une résidence tranquille, tout près du cabinet d'assurances dont elle tenait le secrétariat avec trois autres jeunes femmes.

Un soir il y avait eu ce coup de téléphone de Patrick, au café. Une conversation brève avec Thérèse, émue et gênée de reconnaître la voix de son gendre. En quelques mots, il lui faisait savoir que la Ninie était au plus mal, à l'hôpital de Nancy, et il demandait que Claire en soit avertie. Il avait remercié Thérèse et raccroché aussitôt.

Claire, qui justement était passée au café ce soir-là, avait décidé de se rendre à Nancy dès le lendemain. C'est cette ultime rencontre avec sa seule vraie confidente qu'elle veut revivre ce soir, pour lui adresser l'hommage de sa réussite.

Elle a à peine dormi au cours de la nuit, hantée par les images de son bonheur perdu et la crainte d'arriver trop tard auprès de la Ninie. Elle passe au bureau, explique en quelques mots l'urgence qui l'appelle en Lorraine et obtient sa journée. Le trajet en train lui semble interminable. Nancy. Un taxi. L'hôpital.

Une infirmière la met au courant de la situation. La malade est très faible et ses jours sont comptés. Elle ne s'alimente plus, ne parle plus, mais il est probable qu'elle entende et comprenne encore ce qu'on lui dit.

« Ma Ninie... c'est moi... c'est Claire... »

Le corps est minuscule sous le drap, le visage et les

mains entièrement décharnés, mais l'expression des yeux confirme les dires de l'infirmière. Elle a entendu et reconnu Claire. Elle l'attendait. C'est en pensant à elle, en l'espérant, que depuis son admission ici elle ouvre les yeux chaque fois que quelqu'un pousse la porte de sa chambre. En deux semaines elle n'a reçu qu'une seule visite, celle de la Joséphine, venue par le car, quatre longues heures de route aller et retour, puisque Léonce ne veut plus conduire ni sortir. La Joséphine est restée un long moment au chevet de la Ninie, presque sans parler. Qu'aurait-elle pu lui dire d'autre que ce qui les ravageait toutes les deux ?

« Ninie... »

Les vieilles mains s'accrochent à celles de Claire, les yeux pâles brillent de larmes et disent ce qui ne peut franchir les lèvres qui s'entrouvrent en vain. Ma Clairette... je t'attendais... J'avais si peur que tu ne viennes pas... ou que tu arrives trop tard... mais te voilà... Parle... tu sais que je peux tout entendre...

À genoux contre le lit, ses yeux dans les yeux de la Ninie, Claire parle et, pour la première et seule fois, dit comment les choses se sont réellement passées. Elle dit la solitude, le désespoir de Martin découvert dans le bâtiment des lapins, son appel. Elle dit sa pitié pour le pauvre garçon, sa volonté de le consoler, de lui prouver son affection. Elle dit la dérive, le désir soudain de Martin. Sa peur, puis son trouble, puis sa faiblesse. Elle avoue le vertige, le plaisir.

Elle dit enfin que ses cris, la seconde fois, quand Léonce les a surpris, étaient d'horreur à l'idée de ce qui allait suivre, forcément dramatique, et de honte, pour sa faute inavouable qui l'obligeait à se taire et condamnait Martin seul.

Même au moment de l'aveu le plus difficile, son regard n'a pas quitté les yeux de la Ninie, d'où la bonté et la tendresse ne se sont pas retirées. Elle les ferme maintenant, sous l'effet de la fatigue, mais la pression de ses mains continue de parler à Claire. Elle la remercie, pour la confiance, pour la promesse tenue. Elle la réconforte, elle la délivre du poids de son secret, qu'elle va emporter de l'autre côté.

« Votre visite lui a fait du bien, dit une voix douce derrière Claire. Je crois qu'elle s'est endormie. Venez, je vais vous raccompagner. »

Les mains de la Ninie se sont desserrées, libérant celles de Claire qui se lève et suit l'infirmière.

De part et d'autre du long couloir, la plupart des portes sont ouvertes. L'infirmière adresse un geste amical, un mot d'encouragement, ou un simple sourire, aux occupants des chambres, des personnes âgées, puisqu'il s'agit d'un service de gériatrie. Elles croisent d'autres soignantes, souriantes elles aussi, dont une qui soutient une très vieille dame à la démarche hésitante. Une lampe qui se met à clignoter soudain en haut d'une porte oblige l'infirmière à quitter précipitamment Claire.

Dans le train du retour, elle pense à la Ninie qu'elle ne reverra pas. À sa destinée. Veuve sitôt mariée, ou presque. Et tout le reste de sa vie consacré aux autres. À les écouter. À les aider. À les aimer. Jusqu'à son dernier souffle. Elle en sait quelque chose ! L'apaisement qu'elle ressent aujourd'hui, malgré son chagrin, c'est à la Ninie qu'elle le doit.

Puis sa pensée va vers les infirmières. Là-bas, à l'hôpital, c'est l'heure des soins. Elle imagine leurs pas rapides et silencieux dans le couloir, leurs gestes efficaces, leurs paroles réconfortantes. Des femmes dévouées, attentives, rassurantes. Faites pour écouter, pour aider, pour aimer, elles aussi.

À mesure que le train file vers Paris, une idée germe dans l'esprit de Claire, puis devient un projet, qu'elle va s'employer à réaliser au plus tôt. Reprendre des études, pour devenir infirmière.

Elle est assise au fond du compartiment, près de la fenêtre. Elle s'en approche, à la toucher de son front. Elle souffle sur la vitre qui s'embue, et du bout du doigt trace trois mots : « Adieu, Ninie, merci », qu'elle regarde ensuite s'effacer lentement.

Quelques jours plus tard, elle reçoit chez Thérèse une lettre de Maître Lirot. Il lui apprend le décès de

Mme Virginie Mangin, née Thiébaut, et l'existence d'un testament déposé en son étude. La défunte lègue à ses neveux, Léonce et Joséphine Thiébaut, ses terres et sa maison, et à sa petite-nièce par alliance, Claire Leroux, épouse Thiébaut, ses autres avoirs, c'est-à-dire une somme d'argent et deux lingots d'or.

L'école d'infirmières ne recevait en principe que des jeunes filles sortant du lycée. La candidature insolite de Claire a intrigué la directrice, qui l'a convoquée. Elle a su intéresser et toucher cette femme au grand cœur qui l'a comprise à demi-mot et a décidé de faire une exception pour elle. Il y aurait à la rentrée de 1961 une élève un peu plus âgée que les autres, bien qu'encore très jeune pour avoir une telle expérience de la vie. Elle l'inscrivit donc.

Claire dut fournir les renseignements concernant son état civil.

« Vous êtes donc Claire Leroux, née à Sedan, le 16 mai 1939, de...

– Je porte le nom de ma mère. Mon père ne l'a pas épousée. Il est mort en 1940.

– Mariée le 31 août 1959 à Patrick Thiébaut. »

Elle demanda à être appelée, sinon inscrite, par son nom de jeune fille. La directrice y vit une volonté de rompre avec un passé douloureux et accepta.

Elle n'était pas divorcée. « Si un jour tu as besoin de ta liberté, lui avait dit Patrick au moment de leur séparation, je te la rendrai. » Elle s'était engagée à faire de même.

La directrice avait vu juste en misant sur Claire et ses motivations particulières. Elle se révéla une des meilleures élèves de sa promotion. Si elle rencontra quelques difficultés au départ, à cause de sa scolarité déjà lointaine et axée vers une autre spécialité, elle combla rapidement ses lacunes. Elle travailla beaucoup, aidée par les formateurs que sa personnalité intéressait. Elle fut surtout remarquée au cours des stages en milieu hospitalier. Elle ne cherchait pas à éviter les tâches les plus ingrates. Elle séduisait tout le monde, médecins, personnel, malades. Il y avait en elle, en plus de la grâce de sa jeunesse, une sorte de profondeur qui renforçait son efficacité.

« Infirmière, disait Jojo, quelle idée ! Alors qu'elle avait une bonne place peinarde dans un bureau ! Enfin loin de moi l'intention de la contrarier, la pauvre, après ce qui lui est arrivé.

– Reconnais comme moi que ça lui réussit, répliquait Thérèse. Chaque fois que je la vois, je la trouve en meilleure forme.

– Tu as raison, et c'est tant mieux, parce que voir pleurer une belle fille comme elle ça n'était plus supportable. »

Claire ne pleurait plus. Ni devant eux ni seule dans son studio, qu'elle avait pu garder sans toucher à l'argent de la Ninie, grâce à celui qu'elle avait gagné chez Maître Lirot et économisé. Elle n'oubliait pas. Elle n'essayait pas de lutter contre les souvenirs qui, de toute façon, se révèlent toujours les plus forts quand on s'avise de vouloir les combattre. Elle était tout simplement la première bénéficiaire de la volonté et de la passion qu'elle apportait à son travail. Elle avait changé de cap pour échapper à la tempête et voyait se dessiner un nouvel horizon.

« Allô, maman ! Bonne nouvelle, je suis reçue !

– Bravo, ma chérie. Nous n'avons jamais douté de ton succès. Viens-tu le fêter avec nous ?

– Demain avec plaisir, mais pas ce soir. J'ai un rendez-vous. »

Comme la camarade de Claire tout à l'heure, Thérèse se méprend sur la nature du rendez-vous. Elle est contente. Sa fille a prévu de sortir ce soir, sans doute avec d'autres jeunes. C'est très bien. Qu'elle rie, qu'elle chante, qu'elle s'amuse !

Elle est si jolie, même sous la blouse stricte et le bonnet blanc, comme le prouve la photo qui a remplacé celle de son mariage sur la cheminée du salon. Alors que penser de ce soir ? Elle doit être en train de se préparer. Elle choisit une robe légère, fleurie selon sa préférence. Elle brosse longuement ses cheveux dorés. Va-t-elle les laisser libres ou les nouer d'un ruban de couleur ? Qui pourrait se douter, en la voyant si jeune, de l'épreuve qu'elle vient de traverser ?

Thérèse se fait tout un cinéma autour de la sortie supposée de Claire. Avec ses copines... ou avec un garçon ? Rencontré où ? Dans la rue ? Au cours d'un stage ? Un infirmier comme elle ? Et pourquoi pas un médecin ?

Elle compare le destin de sa fille au sien. Elle aussi a connu très jeune un amour intense, tragiquement brisé, suivi d'années de solitude. Et d'abstinence. Personne ne le savait, mais elle brûlait d'impatience de connaître à nouveau l'amour, plus encore dans sa chair que dans son cœur. Elle se souvient de certains soirs où elle se caressait, dans sa chambre à Sedan, se retenant de gémir pour ne pas être entendue de ses parents. Et enfin il y a eu Jojo. Elle avait vingt-quatre ans quand il est entré dans sa vie. L'âge de Claire maintenant.

Où en est Claire avec l'amour ? Elle ne l'a jamais interrogée depuis son retour, et n'a reçu d'elle aucune confidence. Est-ce un effet de sa petite enfance, sous l'autorité des grands-parents à l'esprit étroit ? Il y a des sujets qu'elle ne parvient pas à aborder avec sa fille. Ainsi, elle ne connaît toujours pas le déroulement exact de la scène qui a désuni la famille Thiébaut.

Claire aime-t-elle encore Patrick ? La nature vient-elle à bout de la blessure d'un viol, comme elle finit par triompher de la mort d'un être aimé ?

Où en est Claire avec l'amour ? Nulle part...

Patrick ? Quand elle pense à lui, c'est toujours « avant ». Elle ne parvient pas à faire le point sur ses sentiments actuels. Il y a eu cette étrange, et douloureuse impression de peur l'un de l'autre, puis la déchirure, le vide. Tout ce qui l'a précédé et qui l'a rendue heureuse semble extraordinairement lointain.

Elle se sait jolie et comprend le regard que posent souvent les hommes sur elle. Des jeunes, comme de plus âgés. Elle reçoit des avances, certaines directes, quelques-unes à la limite de l'incorrection. Ses refus, bien que toujours souriants, lui valent parfois des réflexions crues. D'autres plus mesurées, venant d'hommes qui ne semblaient pas en vouloir à son seul physique. Comme cet interne, Simon Wiener, auquel elle a eu affaire au cours de ses stages, et dont elle a accepté une invitation. Il n'a pas insisté quand elle l'a découragé. Sans doute avait-il consulté son dossier de stagiaire qui laissait supposer un passé tourmenté.

Son corps la laisse en paix. Pour le moment, non seulement elle ne lui en veut pas, mais elle lui en sait gré.

8

Juillet 1963. Claire prend son service à l'hôpital où elle a été affectée, en gériatrie, selon sa demande.

À la même date, à quelques jours près, Patrick s'envole pour Philadelphie, via New York. Il rejoint « là-bas », un de plus pour la Joséphine, son oncle Stany qui lui propose de l'associer à ses affaires florissantes. C'est l'aboutissement de trente mois qu'il a résumés lui-même quand il s'est ouvert de sa décision à ses parents : une vie de dingue...

Tout y est passé. Le soulagement, la peine, l'écœurement, l'amertume, l'incertitude, et enfin la volonté de repartir de zéro, à des milliers de kilomètres.

Ses premières réactions au départ de Claire l'ont d'abord surpris lui-même. Son absence lui était moins cruelle que leurs rapports faussés. Il ne supportait plus l'angoisse qui le prenait au moment de la posséder, et s'en voulait de s'adonner à une parodie de l'amour qui ne lui apportait qu'un court plaisir charnel, sitôt gâché par l'amertume. Claire l'aurait-elle délivré si elle avait exprimé sa propre peine ? Il lui arrivait de se sentir irrité par son semblant d'indifférence. Il aurait préféré qu'elle se refuse à lui plutôt que d'accepter des étreintes qu'elle ne partageait plus. Il n'en pouvait plus de se sentir démuni, privé d'espoir par la gravité des faits. Le départ de Claire lui a laissé au cœur une impression de vide plus que de douleur.

Le jour, il travaillait, concentré sur ses occupations, partagé entre les soins aux bêtes et l'aménagement des nouveaux bâtiments dont le gros œuvre était achevé. Il recevait souvent la visite de son ami Bernard, qui se permettait de le conseiller, fort de la réussite de son exploitation entièrement reconvertie.

De son côté, Léonce s'occupait de l'entretien des clôtures, ce qui lui permettait de passer des journées entières dehors, et seul. Ou bien il tuait le temps dans la grange à moudre du grain d'avance pour la nourriture des bêtes, à bricoler le petit matériel. Ou à ne rien faire, assis sur un ballot de paille, le dos rond, les mains ballantes. Patrick le surprenait parfois ainsi prostré. Il se redressait alors, comme pris en flagrant délit : « Ben nom de bleu, v'la que je piquais du nez... »

À l'heure des repas, ils retrouvaient la Joséphine. Elle faisait semblant d'avoir mis du cœur à sa cuisine, ils feignaient de manger avec appétit, rassemblés autour de la table qui paraissait bien grande puisqu'ils n'en occupaient que la moitié. Léon Zitrone, Guy Lux, Catherine Langeais et quelques autres meublaient leur silence.

Les dimanches, Patrick restait dans sa chambre, pour dormir, disait-il, ou bien il regardait le sport à la télévision, ou encore il allait passer l'après-midi chez les Morel dont il appréciait l'amitié discrète.

La disparition de la Ninie ouvrit les vannes du chagrin de Patrick. L'annonce de sa mort, le retour de son corps, son enterrement au cimetière d'Aincreville dans le caveau de famille où son Ferdinand l'attendait depuis si longtemps, tous ces moments lui fournirent l'occasion de pleurer. Un soir, il sanglota comme un gamin dans le giron de la Joséphine.

« Pleure, mon fils, ça soulage quand il n'y a rien d'autre à faire. »

La Ninie, c'était le lien avec Claire. Rompu à jamais. Il prenait conscience de ce que pourtant il savait depuis le jour de son départ : Claire était perdue pour lui.

Ce printemps-là fut difficile. La Joséphine devait selon les jours supplier son fils, le raisonner, le houspiller pour l'obliger à travailler.

« T'as voulu la ferme comme ça, elle y est, maintenant faut t'en occuper ! C'est pas de pleurer qui arrangera tes affaires. » Elle abandonnait son ton de colère pour ajouter : « Y a pas de blessure que le temps ne sache pas guérir. »

Elle essayait du même coup de s'en convaincre, parce qu'elle en doutait fortement, elle aussi.

Puis, au début de l'été, vint la réaction. Totale. Patrick sortit de son abattement pour reprendre la vie à pleins bras. Mais avec quels excès !

Il se mit d'abord à parler de Claire, affichant un détachement trop facile pour être sincère.

« Elle est partie ? Tant pis pour elle ! J'irai pas la rechercher ! Je ne vais pas me laisser crever pour autant ! »

Il recommença à sortir, reprit pied dans son fief de jeunesse, les fêtes de village, *Le Lac vert*. Il coupait court aux commentaires que sa présence pouvait provoquer – « l'histoire des Thiébaut » avait fait plus que le tour du canton – par son assurance, voire son arrogance. Il la puisait dans l'alcool, qui lui mettait aux yeux des lueurs de défi qui le protégeaient. Du moins quand il ne dépassait pas les limites. Car, plus ou moins poussé par des zozos friands de spectacle, il se trouva mêlé à quelques débordements sordides.

À la fête de Romagne, il amocha un énergumène aussi éméché que lui pour des paroles consternantes de bassesse, où Claire et Martin étaient désignés par des mots orduriers. Une autre fois, ivre encore, il fut pris violemment à partie dans un bal par un mari jaloux dont la femme l'avait aguiché. Comme il se laissait aller à quelques gestes déplacés, l'homme l'avait empoigné rudement en lui lançant : « Halte-là ! Tu sauras que ma femme, elle n'est pas comme la tienne, elle ne baise qu'avec moi ! »

Baiser. Il disait comme ça lui aussi. Il en proclamait l'envie et n'avait pas à chercher longtemps pour se satisfaire. S'il y a des hommes qui s'amusent du spectacle de la détresse, il y a des filles qui aiment jouer les consolatrices. Et quand il s'agit d'un beau gars comme le Patrick Thiébaut, ce n'est pas seulement du dévouement. Et que dire de celles qui se complaisent dans les histoires malsaines... Des vicieuses qui voyaient en lui le mari sevré qui devait donc avoir à la fois de l'expérience et de belles réserves d'énergie à dépenser... Des calculatrices intéressées dont le plan allait bien au-delà du « coup » proposé... Des laissées-pour-compte qui se donnaient le temps d'une soirée l'illusion d'avoir joué de leurs charmes...

La grosse Jacqueline Poinsard, qui enrageait d'avoir coiffé sainte Catherine, essayait de renouer avec Patrick. Devant ses réticences, elle eut l'idée de venir solliciter la connivence de la Joséphine, faisant valoir ses qualités de paysanne. Elle eut le culot, évoquant Claire, de dire « la poule de luxe de Paris », ce qui provoqua la colère de la Joséphine qui la flanqua à la porte sans ménagement.

Patrick avait conscience du danger de ses agissements, sans trouver en lui assez de force pour y renoncer. Il attendait une aide. Ce fut celle de son ami Bernard, directe et chaleureuse. Efficace.

Il s'employa alors à remonter la pente, au grand soulagement de la Joséphine, qui n'en pouvait plus de voir s'ajouter de la honte à sa honte, et de Léonce qui avait dû reprendre en main la ferme quelque peu délaissée, ce qui se révélait désormais au-dessus de ses forces.

Hélas ! c'était trop tard. Patrick avait perdu le goût de la ferme. Il constatait que ses ambitions passées, la moissonneuse-batteuse, les grands bâtiments neufs, l'agriculture moderne ne l'intéressaient plus. Le courage ne porte ses fruits que s'il est porté par la passion. La sienne s'était éteinte en même temps que les étoiles dans les yeux de Claire.

Il réussit cependant à maintenir l'illusion pour ses parents pendant presque une année. Léonce faisait de son mieux pour le stimuler. Il relançait les projets. Il émettait l'idée d'acquérir un lot de bouvillons charolais. Il s'informait dans *La Meuse agricole* des nouvelles variétés de maïs compatibles avec le climat de la région, proposait d'en faire l'essai. Malgré l'emprunt qui justifiait une gestion rigoureuse des dépenses, il changea la Frégate démodée contre une superbe DS qu'il mit au nom de son fils.

La Joséphine se remettait à envisager un avenir possible. Tantôt elle imaginait Patrick divorcé et remarié. Tantôt elle voyait Claire revenir, guérie par cette longue période de séparation. Sa préférence allait vers cette seconde hypothèse, qui lui paraissait malheureusement la plus improbable.

Un soir, Patrick estime qu'il doit parler franchement à ses parents. Il a tout prévu, dans le double but de parer à leurs tentatives pour le retenir et de leur assurer une vieillesse convenable. En ont-ils l'âge ? Sa mère vient d'entrer dans la soixantaine, précédée de deux ans par son père. Ils étaient taillés pour aller beaucoup plus loin sans se soucier des années, comme le vieux père Morel, l'Alcide, qui, à soixante-dix ans, n'entend pas décrocher, ce qui agace parfois son fils. Bernard est le patron en titre, mais le vieux conserve son droit au travail et à la parole.

Léonce et la Joséphine sont fatigués. Eux aussi, ils se forcent pour leur fils. Il est temps qu'ils se reposent, dans la petite maison de la Ninie qui leur appartient maintenant.

Bernard Morel a les dents longues, mais une grande honnêteté et du cœur. La solution va passer par lui. Il reprend la ferme des Thiébaut en location, bâtiments et terres, rachète le matériel et le cheptel. Il les dégage de leur emprunt dont il déduira les annuités de ce qu'il leur devra. Il ne s'en tient pas là. Il s'engage à veiller sur les parents de son ami. À fournir du grain à la Joséphine, si elle veut garder ses volailles. À leur élever un cochon avec les siens. Et si Léonce veut venir lui donner un coup de main pour passer le temps, il sera toujours le bienvenu.

Les deux garçons ont parlé longuement, en présence d'Évelyne qui berçait dans ses bras son second enfant, Nicolas. Après les affaires, pour la première fois Patrick a pu parler avec eux de Claire. Sans gêne, ni honte, calmement, lucidement.

Voilà. Il leur a tout exposé. Les mains de Léonce tremblent sur la toile cirée de la table. Le sang s'est retiré du visage de la Joséphine. La ferme, les terres, les bêtes, les sous, le grain, le cochon, tout ça leur est bien égal ! Mais lui, leur fils ! Il ne leur reste que lui ! Pourquoi tous ces arrangement ? Que va-t-il donc faire ?

« Et toi, mon fils ?...

– Je pars rejoindre l'oncle Stany, en Amérique. »

Costume léger, Stetson blanc, cigare, Stany Crows arrive à l'aéroport de Philadelphie dans sa longue Cadillac. L'avion de New York qui atterrit dans une demi-heure lui amène son neveu de France.

Quand il a reçu la lettre de Patrick, au début du printemps, il a dû faire appel à l'un de ses amis, français d'origine, pour en comprendre tout le contenu. Quelle histoire!

Il se souvenait du bonheur avec lequel il avait retrouvé sa sœur, qu'il appelait toujours Joséfa, quelques années plus tôt, et fait la connaissance de sa famille. Si elle lui avait reconnu une supériorité dans le domaine de l'argent, elle avait su lui opposer celle d'avoir des enfants. De l'aîné, bien sûr, elle ne pouvait guère se glorifier, mais le second était sa fierté et portait ses espoirs. Mais à quoi bon avoir des enfants si c'est pour souffrir par eux, et les perdre, ce qui arrivait justement à la pauvre Joséfa ?

Lui-même ne s'était pas marié. Les circonstances ne s'étaient pas présentées. Il s'accommodait parfaitement de sa vie de célibataire. Des femmes, il en trouvait quand il en éprouvait l'envie, et pas n'importe lesquelles, les plus belles, grâce à son argent. Il se disait parfois qu'il aurait tout de même apprécié d'avoir un fils, ne serait-ce que pour lui transmettre ce qu'il avait construit et amassé. Le sort, à l'issue d'un drame hélas, lui en envoyait un. Patrick ne demandait rien d'autre à son oncle que de le recevoir et de le piloter dans cette Amérique où il voulait tenter de repartir de zéro. Stany avait répondu qu'il considérait le fils de sa sœur comme le sien et attendait en lui un associé et un héritier.

Plusieurs mois avaient été nécessaires à l'exécution du plan concernant le devenir de la ferme. Une période difficile. Des souvenirs forcément remués. Des formalités à accomplir, auprès du notaire, de la banque. Et la résignation muette de Léonce et de la Joséphine, plus poignante que des récriminations.

C'est Bernard qui a conduit Patrick à Orly, après des adieux rapides qui lui en ont rappelé d'autres. Ses parents n'avaient jamais été très démonstratifs, mais il connaissait la profondeur de leurs sentiments.

En haut de l'escalator apparaissent les premiers passagers du vol New York-Philadelphie. Stany guette

Patrick. Le voilà. Il aperçoit son oncle et le salue d'un geste joyeux. Il a quitté la France sous la pluie. Il a voyagé de nuit. Un soleil radieux s'est levé au moment où l'avion a amorcé sa descente sur New York et il y a vu un signe de bon augure.

Assis l'un en face de l'autre, Léonce et la Joséphine mangent leur soupe du soir en regardant la télévision. C'est François Mitterrand qui s'y exprime avec fougue. Dimanche, 5 décembre 1965, il a créé la surprise en mettant en ballottage le général de Gaulle.

Léonce a toujours été gaulliste. Pourtant les paroles de l'orateur ne lui font ni chaud ni froid. Il n'est plus gaulliste. Il n'est plus rien. Alors que pour la première fois l'ensemble des électeurs était appelé à voter pour désigner le président de la République, il ne s'est même pas dérangé. Il n'a plus remis les pieds à la mairie depuis le dramatique été 1960. Il est pourtant encore conseiller municipal. Plus maire. C'est de son plein gré qu'en 1959 déjà il avait cédé la place à un autre. Il estimait alors que deux mandats suffisaient et que la transformation de sa ferme selon les désirs de son fils l'occuperait largement. Il a été réélu conseiller contre sa volonté, preuve de l'estime persistante du village.

Mais il n'assiste plus à aucune réunion parce que ça ne l'intéresse plus. Comme la politique. Et tout le reste.

La Joséphine pousse une assiette vers lui. « Veux-tu un bout de fromage après ta soupe ? »

Sans répondre il se taille un morceau de camembert, se verse un verre de vin et continue à manger en silence.

Elle se sert elle aussi de fromage, puis se lève pour prendre une pomme sur le buffet. « T'en veux une ? » Il fait non de la tête. Il remplit à nouveau son verre.

Elle range la cuisine. Léonce lui fait signe de laisser son verre et la bouteille. Elle lave la vaisselle. Elle s'apprête à monter.

« Tu ne viens pas te coucher ? »

Il grogne quelque chose et ne bouge pas. C'est non.

« N'oublie pas d'éteindre le poste avant de monter. »

La bouteille de vin est presque vide. Il ne tardera pas. Bientôt, elle va l'entendre pousser sa chaise, sortir pour pisser, fermer la porte à clé et monter lentement en faisant craquer l'escalier. Puis il y aura les grincements du sommier, les râclements de gorge, et pour finir les ronflements.

Léonce occupe la chambre qui était celle de la Ninie et la Joséphine celle de Claire. À la ferme, ils couchaient ensemble, dans le grand lit de milieu qui datait de leur mariage et où elle avait mis ses fils au monde. Coucher ensemble, ça voulait dire s'étendre l'un contre l'autre après les journées bien remplies. Abandonner leur corps au bien-être du repos, sans souci ni crainte de se gêner dans le laisser-aller d'une longue habitude.

Quand ils étaient plus jeunes, bien sûr, ils pensaient davantage à s'aimer qu'à se reposer. Elle avait du tempérament, et lui du répondant. L'âge avait progressivement espacé leurs ébats. Quand il leur arrivait encore de s'y livrer, le plus souvent au petit matin, dans la tiédeur du réveil, ils en sortaient amollis, vaguement gênés et toujours étonnés des délices de la chose.

Le malheur déboulant sur leur famille leur en a ôté jusqu'au souvenir. Et le lit commun n'est pas même devenu un refuge, puisqu'ils y trouvaient difficilement le repos. Chacun nourrissait sa peine à reconnaître celle de l'autre dans ses soupirs, son agitation, ou pire encore, dans cette fausse immobilité qui voulait faire croire à un sommeil paisible.

Le grand lit de milieu n'aurait trouvé sa place dans aucune des deux chambres de la petite maison. Ils l'ont abandonné, avec l'armoire, la salle à manger, les deux vastes buffets de la cuisine. Tout ce mobilier fait l'affaire de l'ouvrier embauché par Bernard et logé avec femme et enfants dans « l'ancienne ferme Thiébaut », et celui de la Ninie leur suffit amplement.

Léonce et la Joséphine ne couchent donc plus ensemble. Et c'est à peine s'ils se parlent encore. Tout juste pour les nécessités, la nourriture, le linge, le bois pour la cuisinière. Même plus pour les sous, dont il lui laisse entièrement la gestion.

C'est leur manière à eux de se ménager, et de se respecter. Comme il faut bien survivre, chacun le fait à sa façon, lui avec ses travers d'homme, et elle de bonne femme. Si un verre de vin de plus lui fait plaisir, pourquoi le gourmander là-dessus ? Si parler lui fait plus de mal que de bien, à quoi bon l'y obliger ? Si elle s'imagine que les bondieuseries et le café de l'Évelyne Morel l'aident à porter sa peine, faut la laisser y croire.

Quand Bernard a pris la succession des Thiébaut, il a compris ce que cette retraite forcée, ajoutée à leurs déboires antérieurs, représentait pour eux. Il y a mis les formes, tentant d'associer Léonce à l'organisation de sa ferme ainsi agrandie, le consultant sur certains choix, lui demandant parfois de l'aide, comme s'il avait besoin de lui. Léonce n'était pas dupe de ces efforts. Il les savait dictés par une bonne intention, pourtant l'idée d'être pris en pitié l'humiliait.

« C'est toi le patron, répondait-il invariablement à Bernard, j'ai plus rien à voir là-dedans, moi, à chacun ses affaires. »

Pour couper court à tout, il s'est arrangé pour ne plus rencontrer ni le nouveau maître des lieux ni son ouvrier, trop prévenant lui aussi. Et c'est ainsi qu'il a rétréci son univers aux dimensions de la maison de la Ninie et à ses dépendances. Il évite les abords de la ferme. Il renonce à pousser jusqu'aux pâtures et aux champs, de peur d'y rencontrer Bernard, ou quelque autre paysan au travail. Des gens qui se croiraient obligés de lui parler, et pourquoi pas de le féliciter de sa condition de retraité. Ou de le questionner au sujet des absents...

Jamais personne au village n'a fait de commentaires désobligeants sur le malheur des Thiébaut. Au contraire. Si certaines paroles se révélaient déplacées, ce ne pouvait être dû qu'à la maladresse, ou à la bêtise. Mais non, décidément, Léonce préfère ne plus voir personne.

Après la première moisson, Bernard est venu apporter une provision de grain pour les poules. Il a parlé du fameux cochon promis pour l'hiver.

« Merci, a dit la Joséphine pour ménager Léonce, mais pour nous deux ça ferait de trop. J'ai déjà je ne sais combien de bocaux d'avance... »

Tant qu'un paysan fait marcher la machine, c'est-à-dire son corps, elle lui obéit. Mais qu'il cesse brusquement de le solliciter, et elle se grippe. Léonce, qui était du genre costaud, droit comme un I à la soixantaine passée, à croire qu'il n'avait pas connu le temps d'avant la mécanique, a vieilli tout d'un coup. Mal au dos, qui se voûte, aux hanches, qui ne « jouent » plus, aux jambes, qui se raidissent. Il ne se plaint pas, mais la Joséphine le voit grimacer quand il se met debout.

Et elle l'entend grogner dans l'escalier de la cave, quand il descend chercher un litre de vin.

Et avec tout ça, elle doit maintenant veiller au grain pour qu'il se tienne propre. « Faut te laver, Léonce, et te raser. Tiens, v'là de quoi te rechanger après. »

Il reste penché sur son journal. Elle n'insiste pas. Elle reviendra à la charge tout à l'heure, et devra peut-être attendre demain, ou après, pour le voir enfin prendre son paquet de linge propre et se diriger vers le cabinet de toilette. Elle ne lui en veut pas. Ça servirait à quoi de rouspéter ? Lui, est-ce qu'il rouspète quand elle va faire son tour à l'église ? Et pourtant ce n'est pas dans ses idées.

La religion, Léonce n'était ni pour ni contre et ne se posait pas de question. Il disait que le catéchisme, la communion, c'était pas mauvais pour les enfants, et que passer à l'église pour le baptême, le mariage et le grand départ faisait la différence entre les hommes et les bêtes, une manière de reconnaître qu'il n'était pas tout à fait un mécréant.

La Joséphine se disait plus fermement croyante, mais la façon dont elle gouvernait sa vie montrait qu'elle croyait d'abord en elle-même et en quelques grandes valeurs, au premier rang desquelles elle plaçait le travail.

Puis leur monde s'est écroulé et Léonce a catégoriquement tourné le dos au bon Dieu. « S'il existait, il n'aurait pas laissé faire une chose pareille ! »

Il a suivi l'enterrement religieux de la Ninie, tout de même, par respect pour elle, mais après ça, terminé. Pour lui, quand ce sera son tour de plier bagage, la Joséphine fera comme elle voudra, il ne sera plus là pour le voir.

Elle n'était pas de nature à capituler aussi facilement. Si elle affirmait ne plus croire en rien, ni en personne, le vertige du vide, puisqu'ici-bas c'était fichu pour de bon, l'a amenée à s'interroger sur « l'aut' côté ». Est-ce qu'après tout on ne pouvait pas espérer quelque chose de meilleur que sur la terre ? Alors elle a pris le pli d'aller à l'église. Pas aux messes, avec tout le monde. Tous les jours, dans l'après-midi.

Elle s'assoit pendant une demi-heure et pense à tout ce qui a bouleversé sa vie. Elle parle à mi-voix, pose les questions qui la tracassent, exprime ses doutes, et ses espoirs. Elle se demande si elle est entendue, tant et si bien qu'elle finit par y croire.

Quand elle rentre, Léonce lui trouve la figure un peu moins triste, et quelle qu'en soit la raison, ça lui fait un peu chaud au cœur à lui aussi.

Après l'église, la Joséphine rend visite à la Ninie, au cimetière. À la belle saison, elle lui apporte des fleurs, des lilas, des œillets, des lys par brassées.

« Tenez, dit-elle en les arrangeant sur la tombe, c'est vous qui les avez plantées, c'est juste qu'elles vous reviennent. »

Elle-même n'a jamais été forte sur les fleurs, c'est des légumes qu'elle demandait à la terre de son jardin. La Ninie, par chance, savait y faire et plantait des vivaces.

Heureusement qu'à cette heure-là il n'y a jamais personne au cimetière, parce que la Joséphine parle à voix haute à la Ninie. Des fleurs, de son Léonce, et de temps en temps, rarement, des nouvelles reçues de « là-bas ».

« Là-bas », c'est l'Amérique où Patrick suit les traces de son oncle Stany. Une fois par an, c'est l'asile où Martin végète. Il n'y a rien de plus à en dire. Elle revient à Patrick et à Claire.

« Ils seraient sûrement restés ensemble s'ils avaient eu un p'tiot, vous ne croyez pas ? Mais elle n'était guère taillée pour ça, la pauvre, et après elle a eu les sangs tournés, y avait de quoi... »

Ce qu'un quart d'heure plus tard elle redira, pour la centième fois peut-être, à Évelyne, après avoir quitté la Ninie toujours sur le même au revoir : « C'est bien vous la plus heureuse, allez... »

Le jeudi, jour sans école, après le cimetière elle repasse prendre un café avec la jeune institutrice. Une habitude venue tout doucement de son besoin de parler, d'un sourire, de quelques mots gentils à l'occasion d'une rencontre, et d'un service rendu à Évelyne.

Un soir on a frappé à la porte. C'était elle.

« Ma belle-mère a livré tous ses œufs au coquassier

sans penser à m'en garder et j'ai promis de faire des crêpes aux enfants. Vous n'en auriez pas quelques-uns à me céder pour me dépanner ? »

La Joséphine lui a donné tout ce qu'elle avait.

« Je vous dois combien ?

– Vous n'allez pas me payer des œufs, tout de même ! Je vous les donne !

– Eh bien, alors vous viendrez prendre le café demain pour la peine ! »

La Joséphine ne va pas seulement chez Évelyne pour parler, mais aussi pour rêver un peu. La jeune femme, jolie et vive, lui en rappelle une autre, même si elle était blonde, et non brune comme elle. Et les deux petits qui grimpent sur ses genoux remplacent pour un instant ceux qu'elle n'aura sans doute jamais. À moins que...

« Patrick refera peut-être sa vie en Amérique, hasarde Évelyne, qui sait que la Joséphine a maintenant assez d'amitié pour elle pour accepter ses remarques.

– Avec une Américaine ? C'est des p'tiots bien de chez nous, comme ces deux-ci, que je voudrais bien, moi, pas des moitié-américains ! Je leur causerais comment ? »

Évelyne, qui va deux fois par mois à Verdun pour ses courses, rapporte à la Joséphine ce qu'elle ne trouve pas auprès des « marchands qui passent ». Parce que Léonce ne veut plus conduire. Même pas pour aller jusqu'à Dun, à quatre kilomètres ! Après avoir laissé la belle DS dormir dans la remise de la Ninie, il a finalement demandé au garagiste qui la lui avait vendue de la reprendre, à perte bien entendu. Mais les sous l'intéressent aussi peu que le reste. Il encaisse le montant des locations sans jamais rien vérifier ni discuter et tend le chèque à la Joséphine sans même en lire le montant. Et elle, pour ses achats, dépense ce qu'elle veut sans avoir de comptes à rendre.

Avril 1966. Un printemps doux. Un jardin impatient qui trépigne. Il faut tailler les buissons vivaces de la Ninie qui, d'année en année, gagnent du terrain. La Joséphine a réussi à mobiliser Léonce. Elle lui a expliqué le travail à faire et elle est partie faire son tour à l'église et chez Évelyne.

La voilà qui revient. Elle porte un grand panier rempli de linge.

« Elle a bien du travail, la pauvre, avec ses deux p'tiots en plus de ceux des autres. Elle allait se mettre à repasser, je lui ai pris son linge et je vais le faire ici, ça la soulagera un peu. Ah ! et puis que je te dise, Léonce, demain elle va à une conférence, la Marguerite veut bien lui en garder un mais pas les deux, je lui ai dit qu'elle m'amène le gamin, qu'est-ce que t'en penses ? »

Elle n'attend pas de réponse, elle rentre dans la maison. « Si ça lui fait plaisir », bougonne Léonce en haussant les épaules.

Mais ne serait-ce pas à l'idée du petit Nicolas de trois ans qu'ils auront demain dans les jambes qu'après avoir remonté sa flanelle il attaque le gros lilas d'un geste un peu plus vif...

9

Huambo, Angola, mars 1976.

L'équipe de « Médecins sans Frontières » fraîchement débarquée s'installe du mieux qu'elle peut, avec le souci de devenir rapidement opérationnelle. L'indépendance du pays a été proclamée en novembre 1975, mais les troupes de deux organisations rivales s'affrontent pour un pouvoir qu'elles n'entendent pas partager. Les plantations sont saccagées, les populations durement touchées.

Sous la responsabilité du docteur Simon Wiener, chef de mission, sont arrivés trois médecins, quatre infirmiers et deux infirmières, plus du matériel d'urgence et des stocks de médicaments et de vivres. Les membres de cette équipe, tous volontaires, savent qu'il va leur falloir une belle résistance physique et mentale pour supporter le défilé ininterrompu des pires misères, auquel s'ajoutent la chaleur et l'inconfort des installations sommaires. Ils sont ici pour quatre mois.

Il s'agit heureusement d'un personnel confirmé pour ce genre d'expérience. Tous ont déjà participé à des actions humanitaires, que ce soit en Afrique ou en Asie. C'est ce qu'a constaté le docteur Wiener en consultant la liste de ses accompagnateurs et le bref CV de chacun d'eux.

Il y a retrouvé avec satisfaction deux noms connus. Celui d'un médecin, Hervé Achard, qui a participé avec lui et quelques autres à la création de MSF, autour du docteur Kouchner. Et celui d'une infirmière, Claire Leroux.

Il se souvenait l'avoir connue dans les années soixante, alors qu'il faisait son internat dans un hôpital de la région parisienne. Élève d'une école d'infirmières, elle effectuait un stage. Il s'était doublement intéressé à elle. En tant que médecin, parce qu'elle se révélait particulièrement attentive, et en tant qu'homme, parce qu'elle était ravissante. Il avait été tenté d'établir avec elle une relation plus étroite, mais elle s'était montrée plus que réservée. Un peu étonné, et surtout déçu, il s'était alors renseigné sur elle et avait appris qu'elle était mariée mais séparée de son mari à la suite d'un drame familial. Par discrétion et respect pour elle, il n'avait pas cherché à en savoir davantage.

Il l'avait oubliée. Jusqu'en 1973, où il avait eu la surprise de la retrouver à l'occasion d'une mission en Érythrée. Avec une bonne dizaine d'années de plus, mais toujours aussi jolie. Et toujours mariée, puisqu'elle était inscrite sous le même double nom. Il l'était aussi, de fraîche date. Ils n'avaient donc eu que des contacts superficiels, d'autant plus qu'elle faisait équipe avec un autre médecin, qui avait fort apprécié sa collaboration. Ce que les deux docteurs ignoraient, et qui auraient sans doute piqué leur curiosité, c'est que Claire ne se contentait pas d'appartenir à MSF comme infirmière volontaire, mais qu'elle avait fait à l'association un don financier assez important au moment de sa création.

Et voilà que, dernièrement, dans la préparation de la mission pour l'Angola, l'attention de Simon avait été attirée par le nom, seul cette fois, de Claire Leroux. Divorcée, donc. Comme lui, dont le mariage n'avait tenu qu'un an, à cause de cette passion pour son métier auquel il sacrifiait le reste. Dans le planning des équipes, il avait choisi d'adjoindre le nom de Claire Leroux au sien.

Il s'en félicite dès les premiers jours. Elle possède toutes les qualités nécessaires à leurs tâches si particulières. L'initiative, le sang-froid, la précision du geste, la maîtrise de ses émotions. Ensemble, il leur faut affronter le spectacle de la souffrance, sous des formes parfois horribles, et de la mort quand leurs efforts demeurent impuissants.

Quant à sa beauté... Simon Wiener a d'autres

préoccupations, cependant il est touché par le contraste entre la gravité du visage de Claire où apparaissent quelques griffures au coin des yeux, soulignées par le hâle et la fatigue, et la fraîcheur de son sourire. Elle le réserve généralement aux enfants qu'elle a pu réconforter, et auxquels elle offre, en plus des soins indispensables, une caresse, ou quelques mots d'une chansonnette qu'ils essaient de répéter sans les comprendre. « T'en rappelles-tu Titine... » Lui-même a droit à ce sourire quand, ensemble, ils sont venus à bout d'un cas particulièrement difficile. De temps en temps, Claire rattache ses cheveux maintenus par un élastique du même geste juvénile qu'il avait déjà remarqué quand elle était élève.

Son âge maintenant ? se demande-t-il. Il calcule rapidement, quelques années de moins que lui, mettons trente-six, trente-sept...

La télévision française s'intéresse à l'action humanitaire. Une équipe de reporters a atterri ce matin pour filmer et interviewer « ces médecins et leurs auxiliaires qui se dévouent sans compter au service des populations malmenées qui, pour la plupart, ne comprennent même pas les raisons de leur misère ».

Une visite que n'apprécie guère Simon Wiener. Mais force est de constater qu'il y a un engouement, il repousse le terme de mode qui lui effleure l'esprit, pour ces interventions dans les régions sinistrées du globe. Si cela peut leur attirer la sympathie, et des moyens...

Quelques mots, alors. Il accepte de présenter sa mission, puis, quand il sent qu'il va s'énerver et peut-être bien engueuler le journaliste, qui après tout fait son boulot, il met fin à l'entretien par une proposition :

« Suivez donc le travail de mon assistante pendant un moment, vous verrez que ça vaut tous les discours. »

La caméra passe de Simon à Claire, qui s'apprête à soigner une fillette blessée au visage.

« Léonce ! Regarde ! C'est la Claire ! »

La Joséphine a crié si fort que Léonce a sursauté, et il lui faut quelques secondes pour comprendre le rapport entre ce prénom et la télévision.

« Ben ma foi oui, c'est elle...

– Jésus Marie, la v'là donc " là-bas "... »

On voit maintenant Claire accroupie, penchée sur la fillette allongée sur un lit de camp. Tout en travaillant, elle explique la nature de la blessure et le sens de ses gestes. « C'est un projectile qui l'a atteinte juste en dessous de l'œil. Celui-ci ne semble heureusement pas touché... Voyons... Je vais extraire l'éclat qui n'a pas pénétré profondément... Elle est courageuse, la gamine, elle serre les dents... Voilà... Bon, maintenant, je désinfecte... Attention, Titine, ça va piquer un peu... Et pour finir, je vais lui faire un joli pansement... »

Elle sourit à l'enfant qui lui retient un instant la main pour y déposer un baiser. Elle se redresse et son visage apparaît en gros plan sur l'écran.

« Quand ce sont des enfants, dit-elle pour cacher son émotion, faute de connaître leur prénom je les appelle tous Titine, ça m'amuse et eux aussi, c'est une façon de leur donner confiance. »

Léonce regarde l'écran, bouche bée. La Joséphine, le souffle coupé par l'émotion, boit les paroles de Claire.

Simon rentre dans le champ élargi de la caméra. Il pose sa main sur l'épaule de Claire. On les voit tous les deux, encadrant la fillette noire avec son gros pansement blanc qui lui mange la moitié du visage. Puis c'est le journaliste qui reprend la parole.

La Joséphine ne l'écoute plus. Elle se lève pour éteindre la télévision. Elle est trop remuée pour voir et entendre autre chose aujourd'hui. Elle se rassoit à côté de Léonce et laisse échapper quelques profonds soupirs avant de pouvoir parler.

« Elle est là-bas, avec ces grands docteurs-là qui font tellement de bien ! Et en plus, assistante de celui qui a l'air d'être le patron, c'est lui qui l'a dit, je l'ai bien entendu. On sent qu'il a de l'estime pour elle, si ce n'est plus... Ah ! Léonce, je peux te dire que je suis heureuse de la voir repartie du bon pied, elle aussi... »

En face d'eux assis à la table, il y a le buffet et, sur le buffet, trois photos ont pris place l'une après l'autre, à des années d'intervalle. La Joséphine les embrasse d'un même regard ému, comme pour les prendre à témoin de ce qu'elle vient d'apprendre.

La première photographie est celle de la Ninie,

qu'on voit dans son jardin, en tablier. La Joséphine l'a placée bien en évidence, dès leur installation dans la petite maison, en hommage à celle qui l'avait si longtemps habitée.

La deuxième est celle de Martin. On prétend que les arriérés dans son genre ne vivent généralement pas très vieux. Il n'a pas failli à la règle. Il est mort en 1968, d'un simple arrêt cardiaque. Il avait trente-trois ans. Sa disparition n'a pas effacé sa faute, mais elle lui a rendu sa place dans la famille, à commencer par celle qu'il occupe dans le caveau au cimetière. La Joséphine a retrouvé une photo prise le jour de la communion de Martin, parce qu'elle avait obtenu du curé qu'il la fasse, malgré son état, avec deux ans d'avance, à cause de sa grande taille. Il se tient raide dans son costume à culotte courte, avec le brassard, le chapelet enroulé au poignet, le missel dans une main, le cierge dans l'autre. Elle a pleuré au souvenir de ce Martin-là, son gosse malgré tout, comme si c'était lui qu'on venait d'enterrer, et non pas l'autre, mort depuis longtemps. Elle lui a reconnu le droit à sa photo dans un cadre, lui aussi, et l'a placé à côté de la Ninie.

La troisième, la plus grande, la plus récente, est celle de Patrick. Il n'est pas seul. À côté de lui se tient une jeune femme qui porte un enfant dans ses bras.

Patrick n'est encore revenu que deux fois d'Amérique, pour des séjours de quelques semaines.

Le premier en 1968. Ce n'était plus le même garçon. Mûri, forci, se mettant avec l'âge à ressembler à son oncle Stany. Il était évident qu'après une période d'adaptation un peu difficile, il l'avait avoué, il avait trouvé sa voie là-bas.

La seconde fois, en 1973, il est arrivé en compagnie de la jeune femme de la photo, qu'il a présentée comme sa compagne. Pamela, trente-cinq ans, avocate, divorcée. Grande, brune, d'allure sportive et élégante à la fois. Une femme d'un autre monde que le nôtre, bien davantage encore que la petite Parisienne, a pensé la Joséphine. Avec de la bonne volonté des deux côtés, les rapports ont été cordiaux. Patrick a annoncé à ses parents qu'il venait d'entamer des démarches pour obtenir de Claire le divorce « pour rupture prolongée », parce qu'il souhaitait épouser Pam, qui attendait un enfant.

L'enfant, c'est le petit garçon de la photo, prénommé Stany, troisième maillon et futur héritier de la dynastie fondée dans les années trente par Stanislas Krowalski devenu Stany Crows.

Stany junior a trois ans. Cet été, il sera là avec ses parents qui ont annoncé leur visite, et la Joséphine n'a pas à s'en faire, elle saura lui causer, même s'il est plus qu'à moitié américain...

À ses trois photos, elle n'ira pas jusqu'à ajouter celle de Claire, bien qu'elle en ait d'abord eu l'idée. Mais elle a l'esprit plus tranquille. Elle sait maintenant que celle qu'au fond d'elle-même elle continue à appeler « ma fille » a su elle aussi redonner un sens, et des plus respectables, à sa vie.

Au soir d'une journée ni plus ni moins éprouvante que les autres, Simon et Claire fument une cigarette en marchant lentement aux abords de la tente-hôtel. Pour profiter de la protection des lampes anti-moustiques, ils ne s'éloignent pas de l'abri d'où leur parviennent la voix de Martine, l'autre infimière, qui chante Piaf, elle aussi, et les accords de guitare d'Hervé qui l'accompagne.

L'ambiance est bonne au sein du groupe. Les quelques tensions dues à la fatigue ou à la cohabitation dans un espace réduit, Simon sait les régler avec calme, et souvent même les prévoir et les éviter.

L'attention particulière qu'il porte à Claire n'échappe à personne. Mais tous les deux agissent avec suffisamment de tact et de discrétion pour qu'un lien plus intime entre eux, s'il venait à se nouer, ne nuise en rien à la cohésion de l'équipe.

Simon et Claire, qui ont plus envie de parler que de dormir, allument une deuxième cigarette et s'assoient à même le sol, sans se douter qu'ils sont l'objet de la conversation qui a remplacé sous la tente la musique et le chant.

Tous ont de l'estime et de l'amitié pour Simon. Tous ignorent le passé de Claire. Mais dans un certain nombre d'éléments qu'en personnes intelligentes et sensibles ils tentent d'analyser, son âge, son apparente solitude affective en dépit de son charme, la profondeur de son engagement, ils devinent les séquelles d'une blessure, et il leur serait agréable de les voir fondre sous leurs yeux.

« Claire... vous portez maintenant votre seul nom de jeune fille...

– Oui. Je suis divorcée.

– Mais... vous viviez séparée de votre mari depuis longtemps, je crois. Au temps de vos études d'infirmière, déjà...

– Oui. Je l'ai quitté à la fin de 1960. Chacun de nous s'était alors engagé à rendre sa liberté à l'autre s'il souhaitait refaire sa vie, selon l'expression. Il me l'a demandé en 1973. Après tant d'années, notre divorce n'a été qu'une formalité.

– Claire... Depuis que nous sommes ici et que je vous vois travailler à mon côté, j'ai envie de savoir ce qui a bouleversé votre vie.

– Et moi je dois vous avouer que j'ai également

envie de vous le confier. Mais vous savez, c'est une longue histoire, qui commence quand j'étais une toute petite fille. J'aurai besoin de beaucoup de temps, peut-être tout celui que nous devons passer ici. Mais je vous dirai tout, même le plus difficile, parce que je ne crains pas vos réactions. Je sais que vous pouvez tout entendre.

– Votre confiance me rend heureux, Claire. Et si on commençait ce soir ?

– Si vous voulez... C'était en 1943, pendant la guerre. Un matin de juin, ma mère, Thérèse, a débarqué à la petite gare de Dun-sur-Meuse avec quelques autres femmes... »

10/25

Édition exclusivement réservée aux adhérents du club
le Grand Livre du Mois
15, rue des Sablons
75116 Paris
réalisée avec l'aimable autorisation des éditions Anne Carrière

Imprimé en France
Dépôt légal : juin 2005
N° d'édition : 136 - N° d'impression : F05/30379L